JN094592

ぎんちゃんの

生きとし生けるものとの対話

—里山生活編—

黒沢賢成《くろさわけんせい》

幻冬舎 MC

ぎんちゃんの
生きとし生けるものとの対話

―里山生活編―

もくじ

一　一匹のハエ……7
二　はじめに……10
三　物語のプロローグ……15
四　波乱万丈の里山生活……27
その一　移住仲間たちとの夕食会……31
その二　柴犬さんの生きるすべ……37
その三　言いたい放題の早朝の会……55
その四　イノシシさんとの夜の攻防……63
その五　キツネさんの御成り……69
その六　伝書バトさんの緊急飛来……84

その七　タヌキさんのお出まし……91
その八　ぎんちゃんのニワトリさん飼育は
　　　　強制労働か動物福祉か……100
その九　沢ガニさんは湧き水生活……105
その十　言いたい放題の夕暮れの会
　　　　（一）キツネさん、タヌキさんへの
　　　　　　　思い込み……109
　　　　（二）伝書バトさん、カラスさんの
　　　　　　　生き方……117
　　　　（三）人間への戒め……124
短編一　注文の多い温泉宿……132

その十一　突然の夕暮れの会の終焉……139
その十二　晩秋の里山生活……148
その十三　やはり厳しい冬となった里山……154
その十四　そして待ちに待った春の訪れ
（一）春の原風景への思い……170
（二）里山整備の着工……180
活気に満ちた里山生活を迎えて
その一　ぎんちゃんは整い始めた里山生活で心機一転
（一）遁世との決別……184

（二）活気に満ちた里山と共に
心満たされて……190
（三）里山の生き物たちに同化して
思うこと……202
その二　里山の原風景がいずれは不変的
価値に……214
その三　人間はどこに向かってるんだい……224
短編二　有機生命体から離脱する人間たち　238
短編三　有機生命体だけの地球楽園……241
おわりに
～移住して十年　ぎんちゃんの思い……243

一　一匹のハエ

ハローワーク通い（注釈1）の六十歳の男が、初冬の昼下がりに部屋に入り込んだ季節外れのハエと格闘している。

理由は、説明が難しくなるので、「今までの生き方に関係している」、とでも言っておこう。

決着が付かずに、すでに一時間が無駄に過ぎている。たかが一匹のハエを退治するのに、男は新聞紙を丸めた叩《たた》き棒を作ったり、また、掃除機の吸い込み棒を使ったり、最後はタオルで鞭《むち》のように叩くのが効果的だ、などと工夫を凝らしている。

しかし、結末が見える前に男は、あまりにも小さなことに拘《こだわ》って異質なものを排除しようとしている自分を、「全く成長していない。何のために今まで生きてきたのか」と自己嫌悪に陥ってしまった。

こんな自分と決別したくなったのか、男は、寒空の下で一日を暮らすことを思いついた。

おかしなものである。一匹のハエは、暖を求めて家に入り込み、その代わりに老人はハエに追い出されるように、寒空の下に出ることを決心する。

ひょっとしたらホームレス生活になるかもしれない。サラリーマン時代の無理をしてきた人生を捨てたいかのようである。自分の人生の垢を無性に洗い流したい、と言った方が適切なのかもしれない。

あまりにも衝動的な行動と思えるが、それは意外と本質的な価値観に戻っての判断であろう。

他人事であるが、「その行動が命の際《きわ》にはならないだけでも良いか」と思ってしまう。

私も、人は何のために生きるのか良くわからない。

注釈1　ハローワーク

（和製語　hello work）公共職業安定所の通称。１９９０年に採用。

（広辞苑）

二　はじめに

前作『ぎんちゃんの生きとし生けるものとの対話』では、都会の農園でのぎんちゃん（いぶしぎんじ）と生き物たちとの対話を中心に書きました。

その対話の中で、生き物たちの「棲《す》み難《にく》くなったよ。人間は邪魔しないでおくれ」という嘆きを聞きながら、共生してゆくことが大事と悟り、生き物たちと一緒に都会から田舎の自然の中に夜逃げします。そして、新しい自然の中で、命を繋いでゆくお話です。

農園の周りに棲むカラス、黒猫、カマキリ、蟻《あり》、コガネ蜘蛛《くも》、アマガエル、ヒヨドリ、蝶《ちょう》、雉《きじ》、蛇、芋虫、蚊などの多くの生き物との対話では、対等の立場で生き物たちとの理解を深めていきます。

そして、生き物たちは、移住先の自然豊かな里山に満足してくれたところで話を終えています。

今回の作品は、この里山を舞台に新たな生き物たちとの出会いがあり、それも様々な事情を抱えた生き物たちの生き様に、ぎんちゃんも困惑する波乱万丈の生活が始まります。

ぎんちゃんも、生きる上での悩みを抱えており、長い間自問自答を繰り返す日々でした。そして、この移住をきっかけに、新たな生き物たちとの対話から、生きることの本質を見出していきます。互いに生きる上での理不尽なことを共有しながら、時には意見が合わないで離合しながら、里山生活を充足させてゆきます。

このお話の中で、ぎんちゃんの自問自答の悩みをオープンにして、人間側の生き方を模索してみました。その理由は、生き物たちの棲み難さの嘆きを聞きながら、人間も同じく生き辛《づら》さが何なのかを考えてみたくなったからです。

生き物を含んで人間も生き辛くなったことが共有できれば、その先には生態系の保全という地球環境の再生に繋がる行動があるのではないかと考えたからです。

そんなわけで、冒頭に唐突に「一匹のハエ」という短編を提示させていただきました。これは、作者（=ぎんちゃん）が六十歳で会社勤めを定年退職して、再就職がなかなか決まらない時に作ったお話です。今までのサラリーマン生活の実績が捨て切れずに心の隅に残り、変な自尊心に満ちていた頃でした。

自分が、何を求めて生きているのかが全く分からなくなった時期でもありました。「これではいけない。もっと本質的な生き方に立ち戻らなければ」と覚醒しました。

こんな悩みを作品の中で、ぎんちゃんは自問自答しながら考え、並行して生き物たちとの共存も模索していきます。それは、生き物たちへの自然環境の回復のみならず、生き物たちのその自然に棲む権利を知り、そして人間の生きる上での謙虚さの重要性にたどり着きます。

ぎんちゃんが、多くの人に知って欲しいと思っていることは、地球環境の再生の原動力となる「生き物たちと共存できる人間の謙虚さ」なのかもしれません。

前作を読んでいない方々にも、里山での臨場感のある生き物たちとの生活を感じて頂けると思います。楽しみながらも、じっくりと考えて頂ける内容になっております。

尚、文中での批判的言論と思われる部分は、意図して特定の方々の生き方や仕事を否定するものではなく、少なからず誰にでも共通する課題認識として書いております。違和感、不快感を抱く方もおられるかもしれませんが、読んで頂けると嬉しく思います。

令和五年　一月　黒沢　賢成

RIGHT TO BE
里山共存
エリア

三　物語のプロローグ

一年で一番清々《すがすが》しい季節となりました。四月末から五月連休明けまでの薫風香る（注釈2）わずかな時期です。外を歩いて新緑の木々の息吹きを感じていると、一緒にこの土地に移住した生き物たちのことを思い出します。

同じ生き物として、この里山の土地で一緒に生きているんだと、まさにタゴールの（注釈3）「われ存すということが不断の驚きであるのが人生である」、という詩（注釈4）の思いに通じます。

自然の息吹きを感じて、そしてそこに生きる生き物の姿を眺めて、自分が生きていることの存在が分かり悦びになります。ぎんちゃんは、その百年前の詩人の気持ちを共有できたと思っています。

ぎんちゃんがこの里山生活を決意したのには、複雑な理由があります。もちろん、自然環境を生き物たちと取り戻したい、という究極の目的があるのは確かでした。

だけど、これだけでは移住する決断を決定付けられませんでした。今までのサラリーマン時代の悩み抜いた生活をリセットしたい、という遁世《とんせい》（注釈5）のためなのかもしれません。

自然環境再生に取り組みたい、という前向きな美しいことばかりを語っても嘘になります。ぎんちゃんが行動を起こす本質的なところから話を進めたいと思います。

この土地に移住してから駆け抜けるように五年ほどが過ぎ、やりたいと思っていることの基礎がやっと整ったというところです。

毎年、里山の様子を観察しているので、手を加えて良い場所が分かってきて少々安心しています。

移住したばかりの夏から秋の終わりまでは、問題ばかりが起きて、理想と現実がほど遠いことに嘆くばかりでした。

新しい仲間も加わり、ぎんちゃんはついつい調子に乗り過ぎて、毎夜生き物たちを相手に、人間の生き方の醜さを愚痴として吐き出しているに過ぎませんでした。

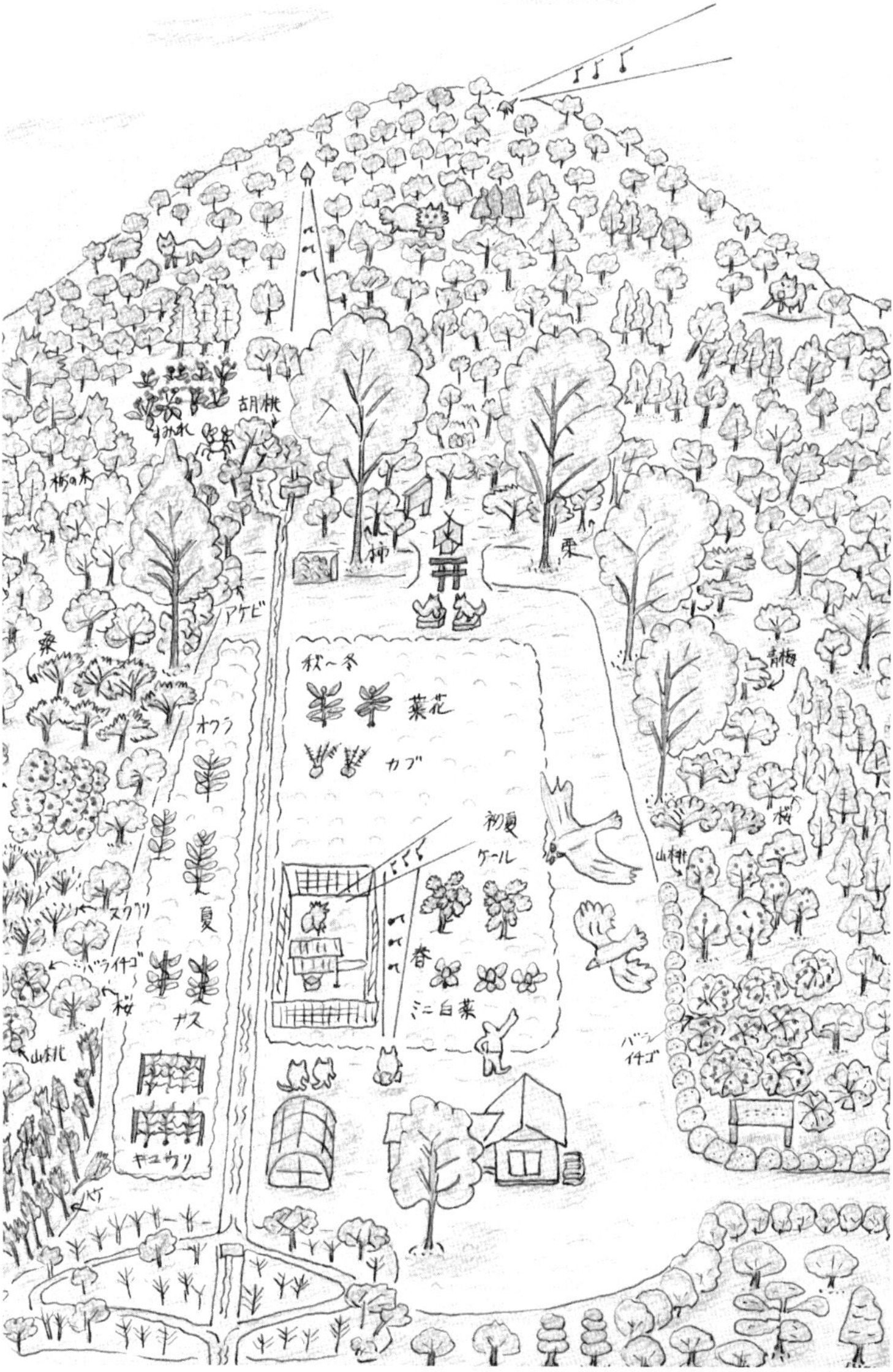

胡桃
すみれ
栃の木
柿
栗
アケビ
桑
青梅
秋～冬
菜花
カブ
オクラ
初夏
ケール
桜
山桃
スグリ
夏
春
バライチゴ
ミニ白菜
ナス
バライチゴ
桜
山桃
キュウリ
竹

あの頃の仲間たちには、本当に悪いことをしたと反省するばかりです。

今日は、久しぶりに里山の森の中に入ってみたくなりました。うっそうと木々が生い繁っていて、すっかり手付かずの自然そのものの森となってきました。

一緒に付いてきた柴犬《しばいぬ》さんも、もう二代目になっています。先代の柴犬さんが、この森に入って来たときはどうなるかと思いましたが、うまくこの土地に一緒に棲めるようになって安心しました。

ぎんちゃんが柴犬さんに言います。

「あなたの父さんは、捨てられてこの辺に迷い込んだんだよ。そして、イノシシさんに遭遇する。大変だったと思うよ、都会の犬だったから」

柴犬さんは、思い出しながら答えます。

「随分とその頃の話をおいらも聞かされたよ。ぎんちゃんに会えて運が良かったと言っていた。イノシシさんと出会ったこの場所が好きだったみたいだよ」

ぎんちゃんは、初めて聞く話でしたので、納得したように言います。

「それで、死んだらここに埋めてねと言っていたんだね」

柴犬さんが続けます。

「ぎんちゃんには感謝しなよと言われた。おいらも飼犬だったけど、飼育放棄された犬として保護されたからね。そして偶然に出会えて引き取ってくれたからね」

ぎんちゃんは、何も言わずに笑ってます。


しばらくすると、薄暗闇の木陰からタヌキさんが顔を出します。

「昼間から騒がしいと思ったら、ぎんちゃんと柴犬さんかね。柴犬さんの父さんの墓参りかい。犬には墓なんてないだろうけど」

柴犬さんは、タヌキさんに何を言われても平気なので、淡々と言います。

「五年前の父さんを想像していたのさ。苦労したようだから。あの頃の森もこんな静かさだったのかな」

ゆったりとした時が過ぎて行きます。ぎんちゃんがタヌキさんに静かに言います。

「この前の質問の回答を持ってきたよ。少し横になって話をしないかい。ここは木陰で涼しくていいや」

タヌキさんは、すっかり前の話なんて忘れてます。

「なんだっけ。ぎんちゃんが毎回いっぱい話をするから、分かんなくなってきた。だから簡単に聞いたんだよ。何がしたいの、何を求めて生きているんだってね」


ぎんちゃんが思い出しながら、ゆっくりと話します。

「この里山に移住してきた頃は、夜中に皆と話をして、すっかり舞い上がって楽しんでばかりで、自分がやることをすっかり忘れていた。このまま、皆と楽しく夜を過ごしていれば良いかと思っていた」

ぎんちゃんが続けます。

「話をすればするほど寂しくなっていたんだよ。皆の慟哭《どうこく》が心にグサッと刺さるような気持ちだった。イノシシさんの仲間が猟犬に追われて、その後、銃でズドーンと撃たれて死んでしまう話とか。何も悪いことしていないのに、理不尽でしょうがない話だった。多くなった人間が、少数となった生き物を邪魔者扱いにする。本当に心苦しかった」

ぎんちゃんは、付け加えるように言います。

「私はあと何年生きられるか分からないけど、こんな気持ちで死んでいきたくない。次世代の人達には、考えを変えていって欲しいと思った。あの夏から秋の夕暮れの会で、ようやくみんなの本当の苦しみが分かったよ。タヌキさんのお父さんの時代だよ。もう五年がたったね」

ぎんちゃんが結論を言います。

「何も奇麗ごとを言う必要もない。人間の馬鹿さ加減を直す行動をする、ということだよ。タヌキさん、分かってくれるかい」

タヌキさんは戸惑ってます。

「よく分からないけど、一つは、はっきりしてきたかな。人間は多くの生き物や森の存在を搾取して生き延びてきた。そして、多くの人間は、それを当然のことと思っていたということかな」

ぎんちゃんは少し安堵《あんど》して言います。

「そうだね。このまま行けば、人間は自分で生態系と自然を破壊して、壊滅的な影響を受けるだろう。自滅すると思うよ」

タヌキさんは、一番聞きたいことを、もう一度確かめるように聞きます。

「人間は何を求めて生きているんだい」

ぎんちゃんは、寝ころんでタヌキさんと一緒に上を見上げて言います。

「木々の葉を見上げてごらんよ。太陽の光が差し込まないほど密集しているよね。何故だか分かるかい」

タヌキさんは答えられません。

「そこまでは考えていない。雨風がしのげるからありがたいけどね」

ぎんちゃんは続けます。

「木々は自分を成長させるため、枝を伸ばし、光をいっぱい独占できるよう伸びてゆく。結果的に日の当たる場所は全部葉で埋め尽くされるのさ。これも静かな生存競争だよ」

タヌキさんは少し驚いています。

「静かだから、普通に成長していると思ってたけど、この木々も生存競争しているんだね」

　ぎんちゃんはさらに続けます。

「長い長い時間を掛けた生存競争で、この森も淘汰された森になるんだよ」

　ぎんちゃんが最後に話す言葉がタヌキさんには分かりません。だから聞き直します。

「ぎんちゃんは何がいいたいの。競争しなくて生きていけると思ってるの」

　ぎんちゃんは寂しそうです。

「生きるための競争は、人間も動植物も同じさ。強いものが生き延びられるのが進化だった。だけどその進化は、もう平等ではないよね。そもそも、人間がこの百年ほどで地球を破壊し始めた。もうしばらくは元の姿には戻らないよ。人間の生き方を変えない限りね」

　タヌキさんは驚いて聞きます。

「そんなに酷《ひど》いのかい、この地球環境は」

　ぎんちゃんが細かく説明します。

「小さな虫たちがいなくなってきただろう。もっといなくなるだろう。どんどん暑くなって、すごい雨が降る地域と、乾燥する土地が出始める。人間だって棲み難くなりつつある。分かっているけど生きるために経済競争をしているから、その競争で地球環境が悪化したって止められない。人間の競争という行動は末期症状だね」

ぎんちゃんの否定的な言葉には、いささかタヌキさんも飽きてきました。

「ぎんちゃん、大丈夫かい。頭がおかしくなってないかい」

ぎんちゃんは正気でした。

「都会でこんなこと言い出したら、誰も相手にしてくれないよ。馬鹿野郎、働けってね」

最後にタヌキさんがきつく言います。

「もっと直接的に言ってくれよ。ぎんちゃんは何をしたいの。どうすれば棲む環境が良くなると思っているんだい」

やっと、ぎんちゃんは、決意したように言い出します。

「七十歳だけど、自分で行動して、その結果を理解してもらうしかない。黙って引きこもっていては何の影響力もない。だから私はやるよ、この歳でも」

ぎんちゃんの真剣さに、タヌキさんは驚きました。
「おいらは何をすればいいのかな、ぎんちゃん」
ぎんちゃんは、はっきりと言います。
「棲み易くなったか教えてくれればいいよ」

注釈2　薫風　明鏡国語辞典
（若葉のかおりをただよわす）さわやかな初夏の風。「薫風の五月」

注釈3　タゴール　広辞苑
インドの詩人・思想家。ベンガル固有の宗教・文学に精通。欧米の学を修め、インドの独立・社会進歩・平和思想・東西文化の融合のために闘う。小説「家と世界」「ゴーラ」、詩集「ギーターンジャリ」など。ノーベル賞（1861〜1941）

注釈4　タゴール詩集　彌生書房　抜粋
なお、筆者はタゴールのこの言葉の解釈において、「大谷大学HP　教員エッセイ読むページ　今日のことば　2006年1月」を参考にさせて頂いた。

注釈5　遁世　明鏡国語辞典　抜粋
俗世間の煩わしさから逃げて隠棲《いんせい》すること。

四　波乱万丈の里山生活

そんなわけで、話は五年前の移住した夏の日の頃に戻ります。

ぎんちゃんは、今までの自分の人生と決別するように、この里山に移住しました。ぎんちゃんの個人的な人生観のようでもありますが、道連れにされた生き物たちも迷惑であったでしょう。

後になって話を加えるので、この場では少しだけ話しますが、さほど生き物たちは、ぎんちゃんに不信感を抱いていなかったようです。何故かというと、生き物たちと同じような自然環境の中で農業をやり、同じ目線で生きているという実感があったからでしょう。

ぎんちゃんは、この土地に移住する前に、土地の環境を調べています。一番大事なのは年間の気温です。夏が暑すぎても困るし、冬が底冷えでも困る。生き物たちと老いてきたぎんちゃんも、ほどよい気温でないと大変です。事前に調べたら、この地の年間の気候及び平均気象は、夏は短く暖かく、蒸し、湿度も高い。冬は寒く、降雪がありほぼ晴れです。一年を通して気温は、マイナス二℃から三十一℃に変化しますが、マイナス五℃未満または三十五℃を超えることは滅多にありません、とのこと。

少々、良いのか悪いのか分からないけど、自然があり、極寒ではないようだから大丈夫だろうと判断しました。

里山の生活を始めたぎんちゃんは、生き物たちの棲み処《か》を整えるために、毎日朝早くから働いています。とにかく、生き物たちが本来の姿で生きられる里山を作りたいと思っています。だから、手を入れ過ぎることは良くないと思っています。

皆もすっかりこの土地を気に入ってくれているようなので、まずは一安心です。

日が傾く頃に、庭先で早い夕食を食べるのが日課になりました。やはり、移住した仲間たちが庭にやってきて、情報交換の場になりつつあります。まだ残暑が厳しい頃ですが、朝晩は涼しくなってきました。
秋も深まれば、もう姿を消してしまう仲間もいます。

自然環境が良くなれば昆虫が増加し、そうなれば小動物が集まります。人間の目線でゆったりと眺めている里山の風景も、目線を昆虫レベルにすれば、静かなる緊張感で生き残りの戦いが繰り広げられています。

ぎんちゃんにしてみれば、ここは都会よりもっと生存競争の激しい土地なのかもしれないと心を痛めているのです。

生態系の食物連鎖を否定などできません。だけど、この生存競争を観ていると、ぎんちゃんは、人間と他の生き物たちの間の関係性は、平等ではないと思うようになりました。

一方的に搾取する今の食糧事情に心が痛みます。

そして、どうしても仏教の不殺生戒《ふせっしょうかい》という言葉が頭をよぎります。仏教では、本来殺生はいけないとしますが、現代では感謝して食することを説いています。ぎんちゃんは、生き物の命の尊さを理解できる人間ですが、感謝の気持ちで必要な量だけを頂くことしかできないのが現状と悩んでいます。

四　波乱万丈の里山生活

その一　移住仲間たちとの夕食会

黒猫さんと三毛猫さんは、この裏山を駆け巡り、日に日に逞《たくま》しくなってきています。ある日の夕暮れに、ぎんちゃんが、お酒を飲みながら庭でいつものように寛《くつろ》いでいると、黒猫さんと三毛猫さんが、捕獲したネズミを自慢するように持って来て、ぎんちゃんの目の前でムシャムシャと食い始めます。これにはぎんちゃんも顔をしかめます。

そんなぎんちゃんを見て、黒猫さんが言い放ちます。

「ぎんちゃんは嬉しくないのかい。三毛猫さんがすっかり飼い猫から脱皮して、逞しく自立した猫になれたんだよ。もっと褒めておくれよ」

ぎんちゃんは分かっていますが、血の滴るネズミを見ながら、立派になったねと言うのを少々躊躇《ちゅうちょ》しています。三毛猫さんは、全く気にもせずむさぼり食っています。変われば変わるものです。何も言えないぎんちゃんと、二匹の猫さんの間に沈黙の間が過ぎます。

ぎんちゃんは、これでいいんだと心の中で呟《つぶや》きます。これが本来の生き方なのだろう。眼が真剣そのものだし、生きているという精気が三毛猫さんに戻ったようです。またぎんちゃんは呟きます、「これでいいんだ」と。


少し間をおいて、ぎんちゃんは言います。

「分かるよ。すごいね。でも、目の前で生け捕りした生き物を食うのを見せられると動揺するよ」

「ぎんちゃんの食っている肉のような物は何だい！　言ってみな！」

黒猫さんが怒り出すと、珍しく三毛猫さんも怒って言います。

「豚か鳥の肉でしょ！　前の飼い主が美味い美味いと言ってた。人間だって動物の肉を平気で食べるんでしょ！」

なんか、その場が険悪になってしまった夕暮れの会でした。

この里山に引っ越して来てから、ゆったりとした日々を送っています。でも、結構やることは多いし、考えることも多くなりました。

老いと共に、私はなんでこの世に生まれて、そして何を残せるのだろうかと考えれば考えるほど悩ましくなります。

それを救ってくれたのは、一緒に移住した生き物たちです。農作業している時も、休憩の時も誰かが覗いてくれます。


一つ困ったことが起きました。黒猫さんからの情報だけど、今までに見たことのない大きな生き物に追いかけられて、逃げて帰って来たとのことです。

ぎんちゃんは薄々分かりましたが、黒猫さんや三毛猫さんは都会育ちの猫なので、見たことがないのは当然です。少し黙っていて話を聞こうと思いました。

途中から加わってきたカラスさんも考えながら聞き入っています。カラスさんも都会育ちのカラスだから、きっと見たことはありませんが、プライドが高いのか知っているかのように聞き始めました。

「それはどれくらいの大きさかな。以前住んでいた田んぼや畑では見られない大きさだと牛か豚かな」

黒猫さんは、牛も豚も見たことがないので困りました。

「犬を大きくしたような大きさかな。体が茶色で怖い顔をしていて、物すごく怒りっぽかったよ。すごい速さで追いかけて来たので、逃げ切れないと思って急いで木に登ったよ」

カラスさんも黒猫さんの話と上手く噛み合いませんので、その場凌《ばしの》ぎに言いました。

「明日、少し様子を見に森の中に入ってみるよ。どの辺りか教えてよ」

黒猫さんは、森の様子を伝えました。

「柿と栗の実があった木の辺りだよ」と言いました。カラスさんも、なんか厄介なことを引き受けてしまったと思いましたが、格好付けて言います。

「分かった。調べてみるよ」

ぎんちゃんは、面白くなり付け加えて言いました。

「ほかの種類の生き物たちも、その木の辺りにいるかもしれないから、見ておいてお

くれ」

カラスさんは、不思議に思い聞きました。

「まだ何かいるのかい」

ぎんちゃんが説明を続けます。

「秋が近付き、木の実が熟すころになると、色々な生き物たちが集まるんだよ。仲間として話ができそうか見極めておくれよ」

カラスさんは面倒くさそうに言います。

「なんだか厄介な仕事を請け負ってしまったな。しょうがない、やるよ」

こんな会話を、すっかり秋らしくなってきた九月中頃の夕暮れ時に行いました。

四　波乱万丈の里山生活
その二　柴犬さんの生きるすべ

カラスさんが森を調査すると言った日の昼下がりに、森の中では事件が起きていました。

ぎんちゃんが後になって柴犬さんから聞いた話だけど、先に少し話させてください。

飼い主に捨てられてしまった柴犬さんの話です。

都会の小さな一軒家に住んでいたので、ほとんど家の中の生活で、朝と夕方に短い時間だけ散歩に出ていたようです。

以下は、柴犬さんが落ち着いた次の日に聞いた話です。

数日前の朝、主人が車に乗って出かける準備を始めた。おいらも連れていくとのこと。奥さんも娘も一緒に行く様子もなく、何か顔色も良くなく変だなと思った。

おいらの顔を見入って、「元気でね」と言いやがる。「何か怪しいな」と思ったが、よく分からないまま、主人は無言でおいらを車に乗せて走り出す。奥さんと娘は見送っていたけど、泣いているみたいだった。

車はしばらく走って山奥まで来た時に、主人は人気のない道路で車を停車させた。

そして「散歩するよ」と言い出す。

久しぶりに森の中に入れると思い、おいらは喜んだ。だけど主人の様子がおかしい。おいらの首輪を外してしまった。

「なんだなんだ！　おいらを殺してこの森に捨てるつもりか。だから奥さんと娘が泣いていたのか」と悟った。すかさず「これはまずい。車から降りたら、すぐに森の中に逃げよう」と決めた。

主人がドアを開けて、おいらを車外に出そうとするやいなや、一目散に後ろを見ずに、森の中へおいらは逃げた。

しばらくして振り返ると、主人の姿も見えず、辺りは静まりかえっている。すると、車のエンジン音がして、そして走り出したようだ。

道路が見えるところまで戻ってみると、主人の車が今来た道を走り去るのが見えた。「捨てられてしまったのか。殺されなかっただけでも良かったのかな」と、妙な安心感に包まれた。

もうしょうがないから、森の中に入って棲み処を探そうと思った。だけど、おいらは生まれてから家の中しか知らない。自然の中での生活なんてすぐにはできない。食い物はどうしたら良いか分からない。人間と同じような物を食ってきたので、自然の中で何を食えばいいのだろうか。水は清らかな小川があるから大丈夫だろう。まだ、昼間で暖かいから良いけど、夜はもう秋なので寒くなる。暗くなったらどうしよう、怖いよ。

民家に近づいたら、野良犬として捕まってしまう。保健所に連れていかれて殺処分だろう。

「川沿いにいたスピッツ君だけど、野良犬として通報されて、保健所の人間が捕まえて昨日連れていかれた。可哀そうに、きっと今夜殺処分だよ。あの車に乗ったら最後で、もう殺されるのだよ」と散歩中の犬同士の噂話だった。

そして念を押すように犬同士で確認し合っていた。

「絶対に主人に逆らってはいけないよ！　いいね、みんな！　はい、ご主人様！　と一言ワンと吠えて、尻尾を全開に振りまくりしないと駄目だよ！」

以上が、柴犬さんの話でした。

柴犬さんは落ち着いてきたので、静かに我に返って思い出しています。

「仲間の話を守って生きて来たけど、おいらはこうやって捨てられてしまった。何が悪かったのかな。この辺の民家の近くをウロウロしていたら、野良犬として連れていかれるだけだ。山の中に入らないと危ないな。我慢して山の奥に入っていよう。人間の自分勝手な振る舞いにはうんざりだ」

そう思って、柴犬さんは一匹になってしまった寂しさよりも、これからどう生きたら良いのかに、すでに頭の中を切り替えていました。

しばらく歩いて、小高い山の中腹に出ました。眼下には広く台地が広がっています。下の方に一軒家が見えます。その遠方には数軒の家が見えます。そしてその先の小山の向こうに、おいらの住んでいた都会がうっすらと広がっています。というか、目が悪いからそう思えるだけでしたが。

ただ眼下に一軒家があり、一人の人間が畑で働いているのは見えました。

「少し安心したから、今夜はこの辺りを仮の宿にしよう。少し休んで暗くならないうちに食い物を見つけよう。夜は怖いから静かにしていないと駄目だろうな」と柴犬さんは思いました。

柴犬さんは少し仮眠して元気になったので、何かを口に入れたくなりました。秋なので、木の実のような物があるのは都会でも知っていました。

主人が散歩の時に、近所のおばさんから庭の黄色い木の実をもらっていました。柿と言っていたのは覚えています。少しかじってみたら甘くて食えたが、主人は「犬は柿を食ってはいけない」で終わってしまいました。

そして、公園にはとげだらけの木の実があったのを覚えています。外側のとげに割れ目があり、中から固い実が出てきます。主人はそれを拾い集めて家に持ち帰っていました。

奥さんはそれを茹でて、皮を剥《む》いて食べていました。少しもらって食ったけど、美味くなかった。贅沢は言っていられないから、それも探そうと考えました。だけど固い皮をそのまま食うのかと心配にはなりました。

しばらく森をさ迷い歩くと、甘い匂いがしてきました。これは柿だろうと思い、急いでその木に近付きますが、何かが近くにいる気配がします。

何なのかは分かりません。

「ははん、カラスかな。カラスは大丈夫だ」

少し近付くと、今度は、藪《やぶ》からごそごそと大きな生き物がこちらを窺《うかが》っています。その生き物は相当興奮しているようです。

「なんだ！　大型の犬か、それとも牛か。それ以外の大きな生き物は都会で見たことがないから分からない」と柴犬さんは怖くなって後退します。

すると、突然大きな体の生き物が突進して来ました。怖くなって柴犬さんは逃げようとしましたが、腰が抜けて動けなくなり、地面に伏してしまいました。

その生き物は近付いてきて言いました。

「なんだ、お前は。見慣れない犬だな。人間も一緒にいるのだろ！　どこだ。きっとおいらを撃ち殺すつもりだろ！　お前は人間の使い走りだろ。さっさと消え失せろ！」

と怒鳴りました。

柴犬さんは何が何だか分からず、ただ地面に伏しています。しかし、何かを言わないと殺されます。すかさず言いました。

「さっき、この下の道で主人に捨てられました。ここで生きるしかないので、柿を食わせてください」

それを聞いた生き物は捲《まく》し立てます。

「お前は人間に嫌われた馬鹿犬か！　人間に謙《へりくだ》って尻尾ばかり振っていて、食い物をもらっていたんだろ。情けない奴だな、お前は！」

柴犬さんも、言われっぱなしも情けないので言います。

「おいらにそれを言われてもしょうがないです。生まれた時から親は人間なんですから。自分でも、これからどうやって生きればよいか分かりません。ただ、生き延びたいから食いたいのです」

むっとしながら、この大きな生き物は言いました。

「お前は俺が誰だか分かるか。都会の犬だから知らないだろう。イノシシというんだ。人間は、おいらの肉が美味いといって捕まえて食うんだよ。農作物を荒らすという理由で悪者にして。美味い肉だと笑いながら食うんだぞ！　気が狂っているぜ。殺される恐怖と怒りが分かるかい、犬よ」

柴犬さんは何も言えません。いきなり言われたことが何なのか想像できないので、怖くてただただ震えるだけです。

この揉《も》め事を木の上から見ていたカラスさんは、事情が呑《の》み込めました。昨夜、黒猫さんが言っていた大きな生き物とは、このイノシシさんのことのようです。確かにでかくて勢いがあって怖い存在です。

今、何かを言ってあげないと、この場は修羅場になりそうだと感じたカラスさんは、イノシシさんの矛《ほこ》を納めるように言いました。

「イノシシさん、この犬さんもだいぶ事情がありそうだね。今はどうしようもないようだから、少しイノシシさんも冷静に考えてみてはどうかね」

イノシシさんも追ってくる人間がいないことに気付いて、少し冷静になっていましたので、静かに犬に聞きました。

「これから一匹でこの森でどうする気かね。この森には様々な生き物がいて、木の実などを縄張りとして生きている。全く余所者《よそもの》が入ってくる隙間などないぞ」

柴犬さんは全く森のことは知らないので、何も言えません。イノシシさんも犬からの返事がないので、どうすることもできず、じっとするばかりです。

イノシシさんは、このまま犬を残して去ってもよかったけれど、カラスさんにも見られたし、ほかの小動物も覗いているようですので、一旦ここは終わらせて立ち去ることにしました。

「秋には、皆が腹を空かせて木の実に集まる。注意して自分の立場を弁《わきま》えて動かないと殺されるぞ。今日は我慢しておくがな。おいらの後に付いて来い。今日だけは少し助けてやるから」

そして、周りに集まった小動物に聞こえるように言いました。

「余所者の犬が迷い込んだから注意するように、と言い触らすなよ」

特にカラスさんに聞こえるように向かって、イノシシさんは一言付け加えました。

「人間に捨てられた犬だから、人間が探しに入り込むことはないだろうし、猟師とも関係ないようだから」

そして、皆は各々散って行きました。柴犬さんが初めて感じたパワーバランスの出来事でした。

イノシシさんに連れ立って、柴犬さんも安全な場所に付いて行きました。わずかですが、イノシシさんの食い物を頂きました。

栗や柿は何とか食べましたが、栃の実とやらは食えないものです。明日からは贅沢は言えません。食えるものは何でも口に入れないと生きられませんから。

柴犬さんは意外と愛想の良い犬なので、イノシシさんも安心して話し掛けます。食べ物を頂いて少し安心した柴犬さんは、イノシシさんと仲良くなりたいと思いました。

イノシシさんが柴犬さんに質問をしました。

「まだ名前を聞いていないから教えておくれ」

柴犬さんは喜んで口上《こうじょう》を始めました。

「野良犬の柴と申します。人間に可愛がられて数年、急にこの山裾に連れてこられて、捨てられてしまいました。主人にもわけあってのことでしょう。住んでいたところは、この山の東側から遠くに見える都会でございます。主人はきっとどこか遠くへ引っ越すのに、おいらが邪魔になってしまったのでしょう。人間の身勝手さには参ります。人間は他人を揶揄《やゆ》する時に、犬を馬鹿にする『犬に論語』を使います。道理を説き聞かせても益のないことの喩《たと》えだそうです。馬鹿にするなよと言いたい。おいらを捨てておいて、人間がそんなことを言う資格もないものですよ。逆に、おいらは『人間に論語』と言いたい。一生懸命勉強したって、何の役にもなっていないではないか。おいらを平気で捨てるんですから」

柴犬さんは、力強く捲し立てました。それを聞いてイノシシさんも、怒りに火を付けられて言い出します。

「おいらなんか最初から馬鹿扱いだよ。猪武者だってよ。無鉄砲に敵に向かって突進する武者だって。人間風に言えば、無鉄砲なおっちょこちょいかな」

それを木の上で聞いていたのは、先ほどのカラスさんです。カラスさんもなんか言いたくなったようです。

「おいらは、人間から『烏合《うごう》の衆』（注釈6）と呼ばれるぜ。見下されたもんだよ。知能のあるカラスに向かって失礼だよ」と怒ります。

いきなり話に入り込んできたカラスさんに、イノシシさんが言いました。

「なんだ、カラスくんかね。今までの良く見るカラスくんと違うのかね。みな同じに見えて分からない。何だか違う様相というか話し振りだね。何故だい」

カラスさんの待ってましたとばかりの自慢たっぷりの口上が始まります。

「この夏の真っ盛りの頃に、この里山の一軒家の主人と一緒に、この柴犬さんが住んでたような都会の土地から、わけあって夜逃げしてまいりました。人間の主人が言うには、都会での暮らしが大変だから、自然環境の良い土地に夜逃げしないかと持ち掛けられ、多くの種類の生き物たちと逃げてまいりました。おいらは見張り番のカラスでございます。他に猫、カマキリ、コガネ蜘蛛、アマガエル、蝶、雉、蛇、蚊などが仲間でおります。やっとこの土地に馴染んだ頃でございます。人間の主人の名前は、いぶしぎんじと申します。ぎんちゃんと呼んでおります。いささか変わり者ですが、いたって自然児でして、悪さをするような人間ではないので、一軒家の近くまでお越しください。紹介いたします」

長い長い口上が終わりました。イノシシさんは、笑っていいのか、真面目に話していいのか困惑しています。

この柴犬さんの不幸な生い立ちといい、このカラスさんたちの夜逃げという事情が加わり、イノシシさんの頭の中が混乱して来ました。

そして、すぐに頭に閃《ひらめ》いたことがあります。カラスさんに聞きました。

「都会とやらは、そんなに怖い人間がいて棲み難い場所なのかい」

カラスさんは、噛み合わない質問に答えを探しています。

「森の中だって生存競争が激しいから、危険といえば危険でしょうね。都会は、自分では変えられないような理不尽さが、突然襲ってくるとぎんちゃんが言ってた。棲みにくいのは確かだろうね。うまく言えないから、今度遊びに来てよ。ぎんちゃんの家の庭で夕暮れの会を毎日やってるから」

イノシシさんは少し黙ってしまいましたが、暗い感じで柴犬さんのことを話し始めました。

「今日も夕方の見張りかい。この出来事をぎんちゃんとやらに話すのかい。困ったことだよ、この柴犬君には。どうしたら良いか、ぎんちゃんに話しておくれよ」

犬は、野良犬になると人間に捕獲されることをカラスさんも知っています。それを踏まえてイノシシさんに言います。

「ぎんちゃんは優しい人間だから、何とかしてくれると思うよ。明日の朝には何らかの話を持ってくるから、この辺りにいてね。それと、ぎんちゃんが言ってたけど、他の仲間になれるような生き物がいたら連れて来てだって。イノシシさんも、他の生き物たちと一緒に夕暮れの会に参加しないかい。結構面白いよ」

誘われてしまったイノシシさんは言います。

「まだ心の整理ができないな。だって、仲間が人間に殺されているんだ。そんな人間と仲良くしてたら、仲間から追放されるよ」

カラスさんは言います。

「分かっているよ。ぎんちゃんは他の人間とは違うよ。本当に、共存を考えていてくれる。この里山も生き物を優先で保護しようとしている。相談に乗ってくれるよ」

「もう少し時間をおくれよ。ゆっくりと考えてみるから」

イノシシさんが、意外としんみりと大人しくなったので、カラスさんは話を終えたくなりました。

「分かった。また明日の朝には来るからね。待っててよ」

注釈6　烏合の衆　明鏡ことわざ成句使い方辞典　抜粋
規律も統一もなく寄り集まった群衆のこと。
烏の群れがてんでに集まったり散ったりすることから、群衆をあざけっていう。

四　波乱万丈の里山生活　その三　言いたい放題の早朝の会

いつもと同じように、朝早くからぎんちゃんは畑仕事をしています。カラスさんは、昨日のイノシシさんと柴犬さんの事件を伝えるために、急いで飛んできました。家のひさしの部分に隠れるように棲んでいるので、夜中でも良かったのですが、お互いに、付かず離れずの関係は保ちたかったので、接点は少なくしています。

けれども、カラスさんは話したくてしょうがないので、朝一番で降り立ちます。

「ぎんちゃん、大変だ大変だ。柴犬さんが山に捨てられて、それをイノシシさんが威《い》嚇《かく》して喧嘩《けんか》になっちまったよ。イノシシさんは少し譲歩して、ぎんちゃんにどうするか聞いてくれと頼まれたよ。どうするんだい」

ぎんちゃんは、嫌な思い出が頭に浮かびました。野良犬になると捕獲され殺処分されるということが分かっています。だから、ぎんちゃんは即答します。

「この家に連れて来るしかないね」

カラスさんはすぐに言い返します。

「イノシシさんが困っているから、それを柴犬さんに伝えて良いのかい」

ぎんちゃんの表情が一瞬暗くなりました。それに気付いたカラスさんが急《せ》かします。

「どうしたんだよ。急に黙ってしまって。なんか問題があるのかね」

黒猫さんが冷たく言い出します。

「犬は野良犬になると、狂犬病になるのだろ。人間に噛みつくから殺処分され易い。猫は、野良猫になっても人間に危害を加えはしないから生き延びられるけどね」

ぎんちゃんは、まだ、下を向いたり天を仰いだりして黙り込んでいます。考えているようですが、寂しそうでもあります。

それを察したか黒猫さんが、残酷なことを言い出します。

「ぎんちゃん、ひょっとしたら犬に何か悪いことをしていないかい」

ぎんちゃんの顔が引き攣《つ》ってきました。とうとうぎんちゃんが言い出しました。

「聞いてくれるかい。そして嫌いにならないでおくれよ」

黒猫さんも三毛猫さんも、そしてカラスさんも凍り付きました。

ぎんちゃんは続けます。

「黒猫さんと三毛猫さんには、過去に子猫を捨てた話はしたよね。本当に辛かった。まだ他にも懺悔《ざんげ》があるんだよ」

黒猫さんは、やっぱりと思いながら言います。

「なんだよ！　犬にも殺生したのかい。あまり聞きたくないね」

ぎんちゃんは静かに決心して言います。

「今日は懺悔したいよ。聞いておくれよ」

次に、三毛猫さんが冷たくぎんちゃんに言いました。

「犬にどんな酷いことをしたの、早くおっしゃいな！」

予想以上にその場が険悪になってきて、笑えない場となりました。

ぎんちゃんが懺悔を始めます。

「小犬が捨てられていて、可哀そうだから家に連れて帰って育てた。育て方が悪かったのか吠えてばかりだった。私にもさほど懐かない。最悪なのは、祖母を見ると狂ったように吠えまくる。祖母は半年後に亡くなったが、この犬が吠えまくるのが影響したのではないか、と両親が言い出してしまった。一年後に狂犬病じゃないかと親が心配して、保健所に相談して殺処分することになった。保健所の人が来て、犬をこの麻袋に入れるように私に指示をする。暴れているから私でないと入れられない。そして、その袋をしっかりと抱き抱えているように言われる。そして、注射針を袋の外から打ち込む。打つや否や、犬は鳴くでもないが、大きく痙攣《けいれん》して死んでしまった。裏の畑の脇に穴を掘り、その袋ごと埋めて墓にした。家に帰るも涙が止まらない。本当に悪いことをしてしまったと、ただ泣いていた。あれ以来、猫と同じく犬も飼うことはない」

黒猫さんは、がっかりしながら聞きました。

「なんで野良犬を家に連れて来たんだい。犬だって自由がいいに決まっているだろう」

ぎんちゃんは静かに説明します。

「黒猫さんが言ってた通りだけど、野良犬になると狂犬病の発症があるから危険視される。だから、野良犬がうろついていると、いつかは保健所の人に捕まり殺処分されてしまうんだよ」

カラスさんが諦めの感じで言います。

「結局、ほんの僅《わず》かの命拾いかよ。野良犬になってしまうと人間嫌いになるだろうから、育てるのは難しいと思うよ」

ぎんちゃんは付け加えて言います。

「そうだね。もっと犬のことを理解し、訓練すればよかったのかもしれない」

黒猫さんがきっぱりと言います。

「可哀そうという気持ちはありがたいが、その後の面倒というか付き合い方は難しい。いきなり野良犬が飼い犬には変わらないよ」

カラスさんも捲し立てます。

「人間は、生き物に、可愛いとか可哀そうという一方的な感情で接するね。その対象となった犬や猫は、本当に不幸だと思うよ。人間の気分次第で不幸にもなるからね」

さらに筋の通ったことを言います。

「全く人間中心の世の中だぜ。生き物への尊厳もない。昔の人間は、生き物に随分と気を使ってくれていたと聞いている。農作業で生き物を殺してしまったら、その供養をしたりする風習があったみたいだ。今の人間どもは、共存を忘れてしまったのかもしれない。農業が主たる仕事ではなくなり、完全に生き物と人間が分断された。これは困ったことだと思うよ。それでいて、人間は自然が大事だという。それは自分たちのためだけにね。本当に馬鹿だよ」

暗い雰囲気に包まれて、皆が呆れ始めています。

ぎんちゃんも下手なことは言えません。皆は、次にどんな懺悔話が出るのかと少々恐怖心が増して来ているかのようでしたから。

今度は、一緒に都会からこの里山に移住した仲間のカラス、カマキリ、次は雉、そして次に蛇などの懺悔話にならないかと……。だから、みんな黙ってしまいました。

その場を察してか、飼い猫から逞しい野良猫に変貌した三毛猫さんが、強い口調でぎんちゃんに言います。

「ところで、柴犬さんをどうしたいの。命を救いたくないの。同じ失敗をしなければいいのでしょ。早く決断しなさいよ！」

三毛猫さんの強い口調に皆が驚きます。それ以上に、飼い猫からの豹変ぶりに驚いたのかもしれません。

ぎんちゃんが、とうとう決断します。

「カラスさん、柴犬さんを連れて来てください。一緒に暮らそうと言ってください」

三毛猫さんが言います。

「今度は失敗しないでね」

四　波乱万丈の里山生活　その四　イノシシさんとの夜の攻防

カラスさんは、ぎんちゃんの判断を伝えるために、すぐに森の中に飛んで行きました。しかし、森の中に入りイノシシさんを見付けて、カラスさんは驚きました。

柴犬さんは、すっかりイノシシさんの親子と仲良くなってしまっています。ぎんちゃんの決断の話を柴犬さんとイノシシさんに伝えないで、このままにしておこうかとカラスさんは思ってしまいました。

カラスさんに気付いたイノシシさんが問い掛けます。

「カラスさんよ、昨日の話はどうなったかね。期待はしないが聞きたいね」

イノシシさんが、すごく回答に困る口振りで聞いてきます。カラスさんは、イノシシさんがこのままで良いと思っているのではないかと気付きます。子供のイノシシさんもいるし、遊び相手に良いのかもしれないのでしょう。これは知恵比べの遣《や》り取りになりました。

黙っているカラスさんに、イノシシさんが言い寄ります。

「どうしたいと言っているのかね、ぎんちゃんは」

やはり世渡り上手なカラスさんですから、上手く切り抜けます。

「イノシシさんと一緒に、家の裏庭に夕方来てくださいと言ってた。会いたいって。少し近付いて、様子を見てから判断していいよと言ってたよ。イノシシさんの判断を入れてね」

イノシシさんは、少し意外な回答に面食らったようでした。カラスさんは、とんでもない出任せを言ったものだと、自分でも驚いています。仲を取り持つおいらも大変だよ、と言っているかのようです。

今度は、逆にカラスさんが言い寄ります。

「どうしますかね。ぎんちゃんには、裏庭で火を焚いて明るくしておいてくれれば、その近くまで降りて行くと言っておきますよ。今夜がいいかな」

カラスさんの言いっぷりに押されて、しぶしぶイノシシさんも頷《うなず》きます。

「分かった。今夜、焚火《たきび》の明かりを目印に近付いてみるよ」

カラスさんは慌てて引き返して、ぎんちゃんに、今度はお願いすることを急ぎました。

「ぎんちゃん、大変だよ。イノシシさんが柴犬さんを連れて、今夜裏山から降りて来るって言ってたよ。暗くて分からないから、焚火の明かりを用意してだって。それを目印に近付くって。大丈夫かな」

ぎんちゃんは、カラスさんの説明が良く理解できません。柴犬さんを飼いますという話なのに、この回答では、私が柴犬さんを捕獲するように思われているのではないか。喧嘩を仕掛けたような攻防戦になるのではないか、と心配になりました。

「カラスさんは、私の話を正しく柴犬さん、イノシシさんに伝えたかい。なんか、喧嘩しに降りて来るように思えるけど」

カラスさんはまずいと思いながら、自分でも、何でこんな食い違いになったのか混乱しています。

ますます、カラスさんは余計なことを付け加えます。

「様子見しながら近付くから大丈夫だよ。イノシシさんの子供がいるから、注意深いだけだよ」

ぎんちゃんは、何か分からないことでいっぱいだけど、夜を待つことにしました。

その晩、ぎんちゃんは、焚火をして、裏庭に椅子を置いて座って待っています。

山から薄暗い闇の中に動く動物が見えます。イノシシさんが、子供を引き連れています。そこに柴犬さんも交じっているようです。

ある距離まで来たら動かなくなり、じっとこちらの様子を窺っています。黒猫さん、三毛猫さんは興奮して臨戦態勢です。ぎんちゃんは、これは喧嘩の前触れだと思いました。膠着《こうちゃく》状態がそのまましばらく続きます。

伝言係のカラスさんは知らん振りで、もう家のひさしの下の棲み処に入っています。

ぎんちゃんには、この膠着状態を打破する手立てはありません。黒猫さんは毛を逆立てています。意外と三毛猫さんは冷静です。飼い猫は、飼い犬とも遊んだことがあるから慣れているのかもしれません。

その場を察した三毛猫さんが山に向かって歩き出します。黒猫さんは驚いて止めに入りますが、三毛猫さんに怒られて黙って戻ってきます。

三毛猫さんは、近くまで行ったところから、何やら鳴き始めました。飼い猫らしい鳴き方です。柴犬さんに何かをアピールしているようです。柴犬さんが急変して、動きが大きくなりました。

そして、三毛猫さんが柴犬さんを連れてゆっくりと戻って来ました。

柴犬さんは、イノシシさんと暮らすのでも良いと思っていたけれど、三毛猫さんが上手く一緒に暮らしているのが分かって安心して、お世話になることを決心したとか。逆にイノシシさんの子供が寂しがっていたので、この辺りまで、いつでも遊びに来ていいよと伝えたとか。それを納得して、イノシシさんは去って行きました。そしてぎんちゃんと柴犬さんの初対面となりました。

カラスさんは、屋根のひさしの下にひっそりと隠れて見ていましたけど、ひとまず安心したようです。

四　波乱万丈の里山生活
その五　キツネさんの御成り

色々な生き物たちが集まると里山は騒がしくなり、それに引き付けられる生き物もいます。

ぎんちゃんが待ち望んでいるのはキツネさんです。ぎんちゃんがカラスさんに聞きました。

「カラスさん、この山にはキツネさんはいるかね。夜行性の生き物だから、全く会うことはないのかもしれないけど、一度会って話したいことがあるんだよ」

カラスさんは不思議に思い聞き返します。

「何だい、聞きたいことっていうのは。勿体ぶらないで教えてよ」

ぎんちゃんは、夜中に森の中でキツネが人間を化かす、という人間が作った言い伝えがあることを話します。

「カラスさんも聞きたいかい。昔からキツネさんについては、色々な話があるんだ。

人を夜に騙して悪さをするってね。闇夜の中を歩いていた人間が、女性に誘われたかのように騙されて連れていかれたとか。どんどん話が膨らんでいくんだよね」

カラスさんは興味津々《しんしん》で聞きます。

「何だよ、その化かすとは。キツネさんは何かに変身するのかね」

ぎんちゃんが続けます。

「私が子供の頃、母から、曽祖父が夜中に女性に変身したキツネに騙された、という話を聞いたよ。本当かどうかは分からないが、キツネさんには、そのように思われる魔性の魅力があるのかもしれないと思って、直接会って聞いてみたいのさ」

カラスさんが呆れて笑ってしまいます。

「ぎんちゃんは、それをずっと今まで、本当だと思っていたのかい。随分と人間は傲《ごう》慢《まん》だけど、可愛い臆病な生き物なんだね」

ぎんちゃんが、カラスさんにしつこくお願いします。

「この森に棲んでいるか、イノシシさんにでも聞いてよ」

ぎんちゃんのおかしな興味本位の話には、カラスさんも好奇心旺盛なので、ホイホイと乗っかってしまう悪い癖があります。
「ぎんちゃんは本当に厄介な人だね。おいらも面白くなったから聞いてみるよ」

人間は想像力があるから、それが恐怖心と重なると瞬時に思わぬ妄想に走ります。あのしなやかな身の隠し方は、若い女性か、それとも幽霊かもしれないと妄想を掻《か》き立てられてしまいます。誘い込まれたら大変ですが、見たくてしょうがなくなります。そんな怪しさが、人伝えの話として様々な話も加えられ、キツネには怪しさがあり人を化かすなどの伝説が多くでき上がりました。
ぎんちゃんは、それは人間が森に畏怖を感じていたからであり、そこに棲む生き物には良いことではあったと思ってます。

ぎんちゃんは、母から聞いた曽祖父の話を、カラスさんや黒猫さん、三毛猫さんにしたくなりました。小さい頃、母が語り部として大変上手で、楽しく聞かされていたので、神秘性がますます膨らんでいきました。

ぎんちゃんが言います。

「カラスさん、黒猫さんと三毛猫さんも聞いてくれるかい。現実味がある話だよ」

皆が、呆れながらも笑って頷きます。

「私の曽祖父だから、今から百年は遡る話だと思うよ。曽祖父は、東京で株式の取引があるので、その頃、東京まで汽車が走っている近い駅が長野県の軽井沢町だったらしいが、家からおよそ二十五㎞は離れているだろう山道を、朝の汽車に間に合うように、深夜に歩いてたどり着く予定だったらしい。なんせ、浅間山の峠を越さなければたどり着けないところを歩くのだから、それは不気味だったようだ。護身用に、当時は拳銃を持参していたと言っていた。歩き始めて大分たったころ、妖艶な女性が暗闇から出てきて、旅のお方、家に寄って休んでいきませんか、と誘うのだそうだ。うっかり付いて行きそうになったけれど、あまりに怪しいので銃を空に向けて撃ってみたんだって。そしたら、一目散に逃げる狐のような姿を見たんだってさ」

皆は大笑いです。カラスさんがすかさず言います。

「何だよ、それは。キツネさんが女性に見えたのかい。人間は本当に目が悪いのじゃないかい」

黒猫さんが言います。

「本当の人間の女性なら、そんな夜中に歩いているなんて、もっと不気味な人間かもしれないよ」

今度は三毛猫さんが、思い出したように小声で言い出します。

「前の家の主人も言ってたけど、夜が怖いって。暗闇で何かが動くだけで、幽霊じゃないかと思うらしいわ。人間は暗闇が本当に苦手のようね。だから、夜も明かりを点《つ》けっぱなしにするのかしら」

ぎんちゃんが言います。

「今は、道にも明かりがしっかりとあり、夜の恐怖心は少なくなってきたけど、明かりがない森の中に入ったら、人間はパニックになると思うよ。ＤＮＡに、古代からの森への恐怖があったのだろうね。熊、狼に食われてしまうとかね」

黒猫さんが言います。

「笑ってばかりいられない共感が、少しあるかな。おいらの祖先も、蛇は大嫌いだったようで、おいらも長いものが落ちて来たら、びっくりして飛び上がってしまうよ。その恐怖心と同じかもね」

それを聞いていたカラスさんは、まだ会ったことがないキツネさんに、ますます会いたくなりました。しかし、キツネさんは、カラスさんとは昼夜逆転の生活スタイルの生き物ですから、なかなか会えないのかもしれません。

カラスさんは、ぎんちゃんに言います。

「おいらもキツネさんに会いたいから見つけるよ。一度でいいから、その化かし合いとやらを見てみたいね」

ぎんちゃんは、また話がややこしくなりそうなので、これで終わりにしました。

さて、どうやってキツネさんを見つけるか、とカラスさんは思案しています。

「聞けるのはイノシシさんしかいないから、ご機嫌伺いということで聞いてみよう」

ぎんちゃんの興味本位のお願いに便乗して、おいらも聞きたいなんて言わないように決めました。

カラスさんは、イノシシさん親子が、栃の実のようなものを旺盛に食っているところを見つけました。

声を掛けるのが怖いくらい唸り声を出しながら、栃の実を探してむさぼっています。

カラスさんは困って、羽音だけを意識的にさせて注意を引きました。

すると、イノシシさんも気が付いて話します。

「今日は何か用かね。今は食うのに集中してるから、邪魔はしないでおくれ」

カラスさんは、これは聞けないかもしれないと思案顔です。また嘘を思い付きます。

「イノシシさんは、森の中の他の生き物のことをよく知っているよね。最近、キツネさんを見掛けないけど、どうしたんだい。どこかで怪我でもしてないか心配になってね」

カラスさんは、随分な出任せを考えたものです。イノシシさんがどう答えるかが楽しみで、羽をバタつかせてドキドキしています。

イノシシさんが冷静に答えます。

「昨日の夕方に、おいらとすれ違ったよ。田んぼの方から山に帰って来たのだろう。稲刈りが済むと、田んぼの辺りもネズミやら蛇やら生き物が少なくなるからね。まだ田んぼと山を往復しているはずだから、夕方見つけてごらん」

カラスさんは、イノシシさんのあまりにも真面目な回答に、大人しくなってしまいました。

そして、御礼を言うつもりが、つい余計なことを言ってしまいました。

「イノシシさん、ありがとう。今日の夕暮れにキツネさんを探して相談してみるよ」

イノシシさんが急に栃の実を探すのを止めて、上を向いて威嚇しながら言います。

「カラスくん、君は何かを隠して企んでいないかい。正直にならないと、今後は何も教えないよ」

カラスさんは、もう駄目だと思い、正直に企みを全部ぶちまけてしまいました。

「カラスはいろんなことに興味があるから、ぎんちゃんの興味あることを確かめたくてね。キツネさんがいたら話をしたいとぎんちゃんが言い出したから、探しているのさ。キツネさんは人を化かすらしいよ。それが本当なのか、キツネさんに聞いてみたいんだって」

イノシシさんが大笑いして言います。

「本当に人間は馬鹿だね。イノシシを怖がらずに殺す。そしてキツネさんには化かされるから怖いだって。実にくだらない。だけど、人間のその馬鹿さ加減が、妙に面白い。ぎんちゃんに言いな。今度一緒にキツネさんを連れて行くからと」

カラスさんは、また余計なことを付け加えてしまいます。

「実は、タヌキさんも、同じく人間を騙して悪さをするって言ってた。それも確かめたいって」

イノシシさんは、呆れて笑いが止まらないまま言います。

「ぎんちゃんは人間なのかい」

カラスさんは、どう回答するか迷ってしまい、これには黙っていました。

イノシシさんとの約束で、数日後の夕方に、キツネさんを連れて裏庭に下りて来ることを、ぎんちゃんに持ち帰りました。

数日後、ぎんちゃんの家の裏庭に、突然、イノシシさんとキツネさんが注意深く下りてきました。それに気付いたカラスさんは大慌てです。

すぐに、ぎんちゃんに知らせようとしましたが、キツネさんらしき生き物の動きが、薄暗い里山をゆっくり下りて来るのですが、あまりにもしなやかで、月明かりに照らされて、まさに輝いているかのようです。ぎんちゃんが言っていたように、本当に魔物のような神秘的な生き物に見えてきました。

カラスさんはドキドキしてしまい、すっかりぎんちゃんに連絡するのを忘れています。

途中でイノシシさんとキツネさんが立ち止まります。そしてこちらを窺っているようです。カラスさんは、はっと我に返り、イノシシさんとキツネさんに近付き、少し待っていてと伝えます。

ぎんちゃんとカラスさんが、しばらくしてキツネさんとイノシシさんに近付いて来ます。ぎんちゃんは少し緊張しています。イノシシさんも近くで話をするのは初めてですから、互いに身構えながらの挨拶です。

「ぎんじです。呼び出してすいませんね。イノシシさんにもキツネさんにも会いたかった。ご近所住まいですから、挨拶をしないといけないと思ってまして」

ぎんちゃんは、すごく丁寧な話し方になっています。イノシシさんは、少し憤慨してます。

「ぎんちゃんかい。なんか訳の分からない話し方だね。もっと直接的に、あんたの関心事を言っておくれよ。せっかくキツネさんを連れて来たのだから」

ぎんちゃんも、少々苦笑いして言います。

「すいませんね。人間社会は最初から直接的に質問はできないのだよ。少し話が馴染んでから本題に入る感じかな」

イノシシさんは、もうイライラしてます。それを見たカラスさんは、これはまずいと思い、一言助言を出します。

「イノシシさんには、ぎんちゃんの聞きたいことは全部話してあるから、もっと直接的にキツネさんに聞いてよ」

ぎんちゃんも笑います。キツネさんも薄笑いです。そして、ぎんちゃんがやっと本

題を言います。

「キツネさん、こんばんは。キツネさんは人間社会では神の使いとされているんだ。近所にも稲荷神社があるだろ。鳥居を入ると石で作られたキツネさんの像がある。人間は昔からキツネさんを尊敬してたというか、ある種の畏怖を持っていたんだよ」

キツネさんが笑いながら、またかというように言います。

「人間が一方的にキツネのイメージを作るから面白くてね。我々は、夜な夜な、田んぼにおりてネズミやら蛇やら餌を捕るのよ。それを見ていた農夫たちが、感謝を込めて色々と祭り上げてくれる。迷惑と言えば迷惑だわね。名前だけ使われている気分よ。昼間に人前に出られないわ」

キツネさんの本音に、ぎんちゃんもイノシシさんもカラスさんも驚きます。

キツネさんが続けます。

「稲穂が実っている満月の夜に、私を見ておくれよ。輝いて見えるようだよ。これを人間は神々《こうごう》しいと思ったり、狐火と恐れたりするらしい。面白くなっちゃうよ。だから、悪戯《いたずら》も簡単よ。夜に、人間に突然近付けば、腰を抜かしたように驚くか、しなやかな私を若い女と勘違いして恐る恐る付いてくるわよ。おかしくてしょうがないわ」

カラスさんは目が点になってます。イノシシさんもキツネさんの強《したた》かさに驚いています。ぎんちゃんは、喜んで頷いてばかりでしたが、思い付いたように言い出します。

「今度、夕暮れの会をやるから、イノシシさんとキツネさんも来てくださいよ。続きの話をもっとしたいので」

ぎんちゃんの言葉で、今夜はこれでおしまいにしました。ゆっくりとキツネさんとイノシシさんが里山に戻ります。カラスさんは、その姿をじっと見ています。

確かにキツネさんの動きはしなやかで魅了されます。満月の夜にこの姿を見たら、金色に輝いて見えるのだろうと、カラスさんはドキドキです。もうキツネさんにとり憑《つ》かれてしまったようです。

四　波乱万丈の里山生活

その六　伝書バトさんの緊急飛来

ある朝、カラスさんが一羽のハトさんを連れて帰ってきました。随分と込み入った話があるみたいです。

ハトさんは、伝書バトといって、主にレース用に飼われているハトさんのようです。昨日も練習のために、遠く離れたところから放たれて、家に向かって皆と飛んでいる最中に、こんな生活も面白くなくなったので、集団から一羽で離脱して森の中で休んでいたようです。

後は、伝書バトさんが落ち着いたようなので、話を聞いてみましょう。

カラスさんが、伝書バトさんをぎんちゃんに紹介してくれます。

「ぎんちゃん、伝書バトさんの話を聞いてやってくれよ。怖くなっちゃったよ。それよりぎんちゃんの口を塞いでいるのはなんだい。変な物を着けているね」

ぎんちゃんが答えます。

「これはね。人間の間で病気が蔓延しているので、このマスクというものを着けていないとウイルス感染をしてしまうんだよ」

カラスさんは良く分からないけど、推測して聞きました。

「伝書バトさんが言ってたニワトリさんの病気と同じものかね」

ぎんちゃんは、カラスさんと伝書バトさんが、落ち着きなくソワソワしているので心配になって聞きます。

「ところで、伝書バトさんの話はなんだい」

伝書バトさんが、とくとくと身の上話を始めます。

「おいらの話を聞いてくれるかい。伝書バトといって、遠いところから自分の家に戻る時間を競うレースによく出るんだけど、その練習で昨日の朝、ここからだいぶ離れた海沿いの町から放たれたんだよ。そしてしばらく畑の上や森の上を飛び、この近くまで戻る予定で飛んでいた。毎回、長い距離を飛んでばかりで詰まらなくなったから、おいらは群れを離れてしまったのさ。そして休んでいたら、その土地のカラスさんが慌てて飛んで来て、おいらに今見て来た事件のことを教えてくれた。この辺りには大きな養鶏場がある場所で、何時もは煩《うるさ》いくらいにニワトリさんの鳴き声がするらしい。だけど、一夜にして、ここのニワトリさんが全部いなくなったんだってさ。何故だか、バタバタと死に出したから、全部のニワトリさんを殺してしまったらしい。そして、それをこれから全部土の中に埋めてしまうらしいと。気になって、ついカラスさんに案内してもらって見に行ってしまった。その後は動揺し過ぎて、自分がどこを飛んだか分からず、一羽でここまで飛んできたのさ。もう怖くなって、主人の家にも戻りたくなくなった。一体あれは何なのか知りたくて、ぼーっと考えていたら夜になっちまった。そして、このカラスさんが声を掛けてくれたのさ。そして、ぎんちゃんに聞いてみようとなったのさ」

長い話を、伝書バトさんは一気に話し終えます。

ぎんちゃんは、聞いていてすぐに、その病気が何であるかを理解したので、動揺している伝書バトさんとカラスさんに言いました。

「それは、ウイルス感染の病気だね。鳥インフルエンザと言って、鳥に感染が拡大する病気だよ。養鶏場は、すごい数のニワトリさんが密集して飼われているだろ。一羽が病気になると、あっという間に感染が拡大するから、残酷だけど、全部を殺処分するしかないのだよ」

カラスさんが心配して聞きます。

「カラスや伝書バトさんにも感染するのかい」

ぎんちゃんが知っている情報を教えます。

「鳥インフルエンザというから、鳥の仲間には可能性はあるかもしれないね。だけど同じ密な環境で生きているわけではないから大丈夫でしょう」

伝書バトさんが急に暗くなり、言います。

「おいらの棲み処は結構窮屈だよ。夜はそこで安心して寝ているけど、病気になり易いのかな」

ぎんちゃんは、安心させるように言います。

「一羽が何かの病気になれば、同じ病気になり易いのは確かだろうけど、一日中密な状況でもないだろうから、心配しなくても大丈夫だよ」

伝書バトさんは、ソワソワしてぎんちゃんの話を全く聞いていません。

「おいらはどうすればいいのかな。集団で生きて来たけど、野に放たれれば、優等生の伝書バトもただの鳥だよね。何の取り柄もないもの。人間に近付き過ぎたのかな」

カラスさんがぎんちゃんを見ながら、伝書バトさんを慰めます。

「そんなに気にしなくていいよ。この辺で生きていけばいいじゃないか。ぎんちゃんが見守ってくれるよ」

いろんなわけありの生き物が集まり始めて、ぎんちゃんは正直なところ困惑です。

「伝書バトさんは、その足環で管理されているから、見つかったら大変だよ。私が泥棒扱いされる。困ったね」

伝書バトさんが、懇願してぎんちゃんに言います。

「ぎんちゃん、この足環を切ってくれないかね」

「それはだめだよ。私が犯罪者になるから。自己選択したということで、自由になれば良いのではないですかね。私には指図《さしず》できないから」

10
11

伝書バトさんは、がっかりして言います。

「冷たいようだけど、それでいいのかな。カラスさんの近くで、しばらくは様子見させてよ」

カラスさんがわけ知り顔で、冷たく言います。

「今までと同じく、人間との主従関係のような感覚でいてもらうと、この里山では生きられないからね」

伝書バトさんは、何のことかよく理解できないけど、とりあえず頷きました。

ぎんちゃんが言います。

「カラスさん、そんなに脅さなくてもいいでしょうに。時々、夕暮れの会に来てくださいな。お話をしましょう」

一見穏便に終了させたという感じがしましたが、スッキリしない部分もあり、モヤモヤしているぎんちゃんでした。

四　波乱万丈の里山生活
その七　タヌキさんのお出まし

　ぎんちゃんは、夜になると楽しみにしていることがあります。それは、イノシシさんがタヌキさんも連れて来るという約束があったからです。

　だから、親愛の情を込めて、裏庭にタヌキさんの置物を置いてあります。きっとびっくりするだろうけど、この置物は結構愛想良くて可愛いです。黒猫さん、三毛猫さん、柴犬さんは、何だよこれは、と驚いています。ぎんちゃんが、この格好の生き物がもうすぐやって来ることを皆に話しました。

　カラスさんが、まだ会わぬタヌキさんを想像しながら聞きます。

「なんで、ぎんちゃんはタヌキさんが気になるんだい。なんか理由があるんだろ」

　その返事に皆が静まり返ります。何故ならば、突然、ぎんちゃんがまた変な懺悔をしないかという恐怖心からです。

「実はね」と、ぎんちゃんが言い掛けると、皆が前のめりになります。黒猫さんは、今度は、タヌキさんに何か悪いことをしたのかと興味津々です。カラスさんは、またかと思いながらも、木の枝から前のめりになり落ちそうです。

ぎんちゃんが言います。

「タヌキさんにまつわることわざが、人間の間ではいっぱいあるんだよ。狸寝入り、狸親父とか。失礼だけど、そのように言われる振る舞いが、タヌキさんにあるのかなと思って。まともには聞けないけど、夕暮れの会でそれとなく話題にしたくてね」

皆が愕然としました。冗談のような話に真面目に付き合ってしまいました。カラスさんが、呆れ顔で怒ります。

「きっとタヌキさんは怒って帰るよ。馬鹿にしているのかいってね」

ぎんちゃんは結構真面目です。

「違うよ。生き方が上手いのだろうから、参考にしたくてね」

なんか馬鹿にしているようだけど、皆はそれ以上に話をしませんでした。夕暮れの会での喧嘩が思いやられると感じたからです。

幾日かたっての夕暮れに、イノシシさんがタヌキさんを連れて現れました。ぎんちゃんがタヌキさんに嬉しそうに言います。

「来てくれてありがとう。タヌキさんに対しては、人間にとって昔から親愛の感情があるんだよ。だから話がしたかった」

これを聞いて、カラスさんも黒猫さん、三毛猫さんも、柴犬さんも何故かひやひや顔で黙っています。

イノシシさんが笑いながら言います。

「ぎんちゃん、またおかしな質問をするんだろ。タヌキさんには、事前に人間の思い込みの変な質問があるから、身構えず、適当にあしらってよと言ってあるから」

ぎんちゃんは、先を越されたような変な気分がして噛み合いません。

「結構、本気なものですから聞いてください」

皆がまた静まり返ります。今度は、どんな懺悔を話すのかとドキドキしてます。

「人間は、タヌキさんが驚くと、死んだように倒れてしまってることを、狸寝入りといって、要領がいいというような言い回しで使いますよ。本当に騙し寝ですかね」

カラスさんは、それは駄目でしょうという顔です。思いのほか、タヌキさんは冷静に言います。

「小心者なので、驚いて仮死状態になってるのさ。寝ているわけじゃないよ」

ぎんちゃんが続けます。

「だけど、驚いて急に動きを止めたり、凝視したりするので本当に愛嬌があるから、タヌキさんはきっと狸寝入りで騙してると思っちゃうよ」

黒猫さん、三毛猫さんは、これはまずいと思ったのでしょうか、下を向いて顔を隠してしまいました。

タヌキさんが冷静に返します。

「人間はタヌキを馬鹿にしてないかい。おいらの行動がそんなに笑えるのかい」

ぎんちゃんは真面目に言います。

「違うよ。タヌキさんは、愛くるしい生き物と思っているんだよ。タヌキさんと似た人間がいるということを言っているだけだよ」

タヌキさんが言います。

「何回も言うけど小心者なんだよ、タヌキは。民家に近付いて、家主がいきなり出てくると、タヌキ親子は、死んだように身動きできなくなることがある」

タヌキさんが続けます。

「人間界の可笑《おか》しな話とやらをもっとしておくれ。その人間の馬鹿げた振る舞いを、タヌキに例えているようだが、知っておいても良さそうだからね」

ぎんちゃんが遠慮せず、どんどん続けて言います。

「狸親父は、結構胡散臭《うさんくさ》い年配の男性についていう言葉なんだ。人生経験があるから、自信があるみたいに他人に横柄に振る舞うんだよ。それを生業《なりわい》と自分で思い込んで、自慢する人もいるから良くない。人とのコミュニケーションで負けたくないが、正面切って正直に言うと反発される。だから、二枚舌というか二面性で切り抜ける。時と場合によって、正反対のことを事後に言い出すから質《たち》が悪い。タヌキさんを擬人化して出されてしまって失礼だよね」

タヌキさんが憤慨します。

「全くだよ。どんな顔をしているんだい、その狸親父は」

ぎんちゃんが絵を描いてタヌキさんに見せます。

「こんな顔かな。老害、海千山千などがあるが、こういう人たちがいないと人間社会は上手くいかない場合もあるから不思議だよ」

タヌキさんは馬鹿にされたような話より絵が可笑しくて笑い転げます。

「ポンポコリーンだね！」


タヌキさんが少し冷静になり聞きます。

「人間は、人を馬鹿にする時に狸親父と言うんだね」

ぎんちゃんが笑います。

「一般的な人には、策士的な動きに見えて信用できないとなるんだよ。だけど、仕事の物事を前進させるためには、時には正義だけでなく人を説得する役割の人も重要なんだよ。私は好きではないが、いてもらうことで仕事が上手くまとまることがある。だから存在は認めるよ」

タヌキさんが言います。

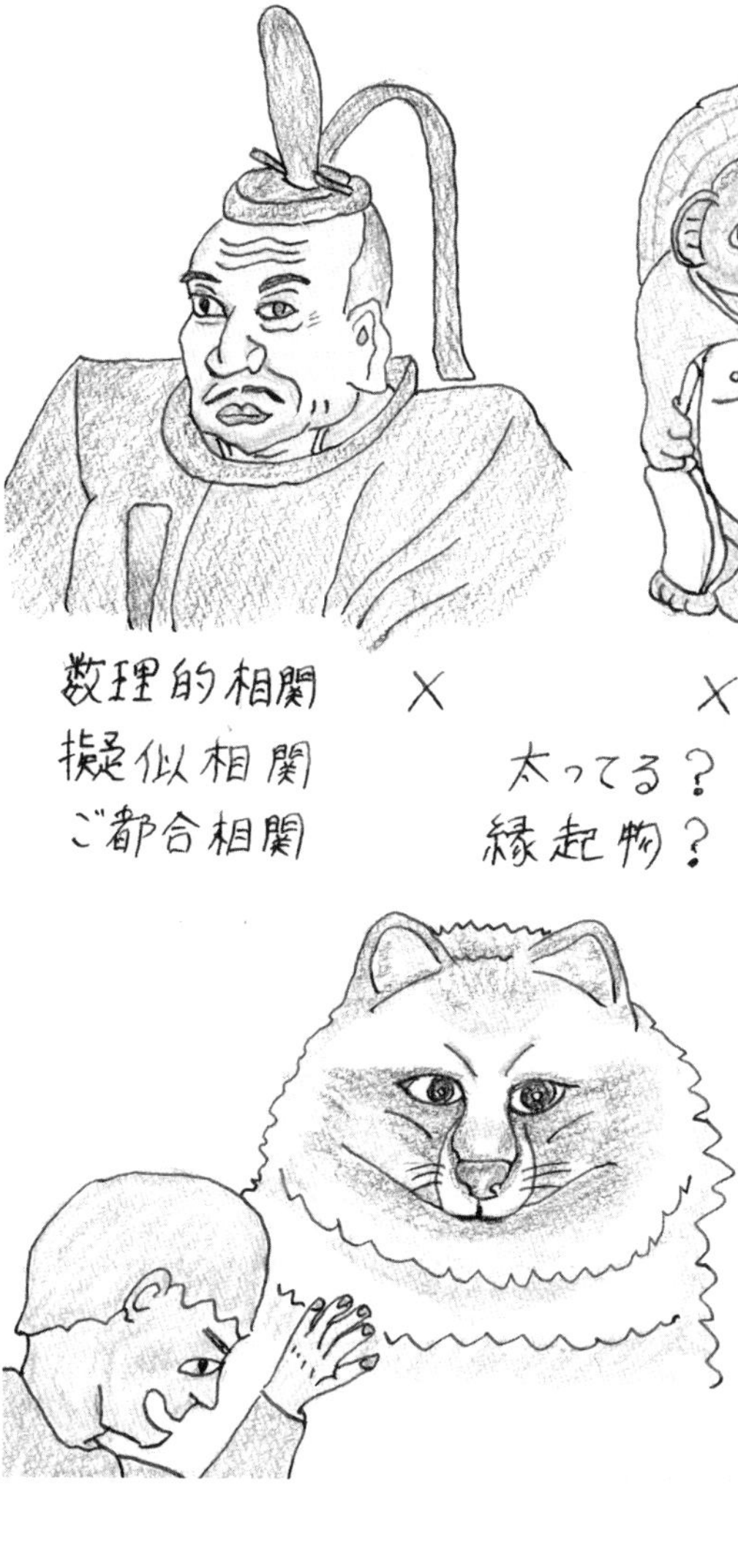
数理的相関
擬似相関
ご都合相関
×
×
太ってる？
縁起物？

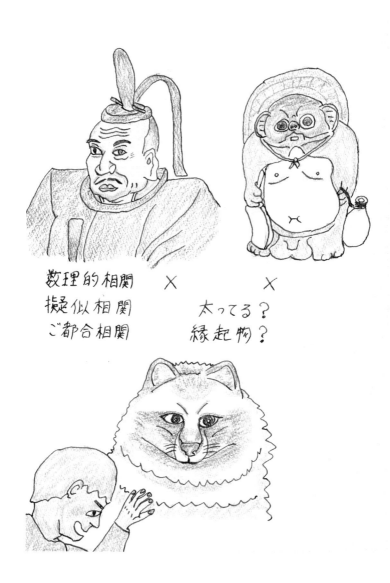

「良く分かんない。嫌いだけど存在は否定しない。人間は皆それを納得するのかい」

ぎんちゃんが言います。

「いい質問です。いてもらわないとまとまらないこともある。それは結果的に裏方だけど力のある存在となる。色々な力のバランスで人間社会も成り立っているから、生き物の世界の多様性に似ていると思うよ」

タヌキさんが言います。

「微妙だね。分からない」

ぎんちゃんが言います。

「共同は嫌だけど、自分の損にならないように、パワーバランスの中で共存を見出している。これが生き物の現実だよね。生きるための定めかな」

タヌキさんは困惑しながら言います。

「外見と振る舞いだけで擬人化されるのはいやだよ。もっとタヌキを理解して欲しいね」

皆が、もう呆れ顔で眠そうです。あたかも狸寝入りになってます。これも生きるすべと皆が理解したかのようです。

ぎんちゃんは、次回にまた話をしましょうということで終わりにしました。すかさず、タヌキさんがきつく言います。

「もう少しタヌキ側の言い分を加味して、人間界のタヌキのイメージを払拭してよ」

これには、皆が目を覚まして頷きました。なんか変な夜になりました。

四　波乱万丈の里山生活

その八　ぎんちゃんのニワトリさん飼育は強制労働か動物福祉か

ぎんちゃんは、里山生活で、できる限り自給自足の生活を計画しています。野菜を作り、そして、飼っているニワトリさんから卵を頂くことにしました。

窮なところでの飼育は可哀そうなので、裏庭を囲って、自由に動き回れるようにしました。

夜は、他の生き物に襲われないように、小屋に入って寝られます。これならばストレスなく、卵を産んでくれるでしょう。

畑の草の上を定期的に移動して、鳥の糞《ふん》で土壌を改良して、畑を作ります。化学肥料も使いません。

ぎんちゃんが誇らしげに聞きます。

「ニワトリさん、この家の寝心地はどうかね。夜は怖くはないよね」

ニワトリさんは困惑しています。

「大丈夫だけど、家の周りを、生き物が徘徊《はいかい》しているのが分かるよ。夜はやはり不気味だよ」

ぎんちゃんが言います。

「小屋の中に侵入はできないから、心配はないよ。ゆっくり休んでね。アニマルウェルフェア（注釈7）という言葉があるけど、動物福祉という意味なんだ。昔から有機農法では良くやってたニワトリさんの放し飼いだけどね。健康的にストレスなく卵を産んでくれるよね」

ニワトリさんは少し気分悪そうに言います。

「結局のところ、動物福祉といっても、おいらを利用しているだけの卵搾取だろ。ストレスなく生きられるのは嬉しいけど、何かスッキリしないな」

ぎんちゃんが突き放して言います。

「もうすぐ、雉さんが珍しく山から下りてくるけど、雉さんみたいに野に放たれて自由に生きるのも良いけど、どうしますか」

ニワトリさんは驚きます。

「随分な選択肢だね。いきなり飼育から野放しかね。そんな駆け引きは御免だよ」

ぎんちゃんが考えながら言います。

「長い歴史の上で、人間とニワトリさんの関係ができたけど、これからは、何が最も生きる権利の尊重になるか、少しずつ変えていくことだろうね。まだまだ平飼いが正しいのかも分からないし、まだ日本では五％くらいの普及率らしいよ。多くの人間が毎日食べる卵だけど、その生産者であるニワトリさんへの感謝がないと思うよ。もっと自由に生きられるように応援したいよ」

ニワトリさんはどう応えて良いかわかりません。

「しばらくは、このままでやっておくれよ」

注釈7

アニマルウェルフェア　農林水産省HPより抜粋

我が国も加盟しており、世界の動物衛生の向上を目的とする政府間機関である国際獣疫事務局（OIE）の勧告において、「アニマルウェルフェアとは、動物の生活とその死に関わる環境と関連する動物の身体的・心的状態」と定義されています。アニマルウェルフェアについては、家畜を快適な環境下で飼養することにより、家畜のストレスや疫病を減らすことが重要であり、結果として、生産性の向上や安全な畜産物の生産にもつながることから、農林水産省としては、アニマルウェルフェアの考え方を踏まえた家畜の飼養管理の普及に努めています。

四　波乱万丈の里山生活
その九　沢ガニさんは湧き水生活

農業用の湧き水を確認しに来たぎんちゃんが、木漏れ日の薄暗い沢で、石をどけて何かを探しています。そして、沢ガニさんを見つけて聞いています。

「ここの沢ガニさんは、それほどカラスさんには食われないかい。こんな里山では、カラスさんも沢の薄暗いところまで入って、沢ガニさんを食べないようだね。それほどカラスさんも勇気はないからね」

急に、上から見下ろしてぎんちゃんが話し掛けるので、沢ガニさんは驚きます。

「なんでそんなことを聞くんだい。何もなく静かに石の下に隠れているけど。時々、イノシシさんが探しに来るから油断はできないよ」

ぎんちゃんが変な情報を言い出します。

「都市部では、アメリカザリガニさんが大変なことになってるよ。田んぼなどの用水路が、アメリカザリガニさんの良い棲み処になり、数が増えている。これをカラスさんが狙って食べるんだけど、用水路の脇の道路には、食い千切られた甲殻が山積みになってたことがあった。本当に不気味だったよ」

沢ガニさんは不機嫌の頂点です。

「ぎんちゃんは、おいらに何を言いたいのかね。都会のカラスを連れて来たから気を付けろと言いたいのかい」

ぎんちゃんは、少々沢ガニさんを脅し過ぎてしまいました。

「こんなに澄んだ沢の水に棲んでいる沢ガニさんの生活を、邪魔などしないよ。都市部のアメリカザリガニさんが、不幸でしょうがないと言いたくてね」

沢ガニさんが言います。

「その言い方は気になるね。どういうことだい」

ぎんちゃんが教えてくれます。

「約百年近くの遠い昔だけど、人間の食料としてウシガエルの養殖が考えられ、その餌として遥々遠い国アメリカ合衆国から、わずかばかりのアメリカザリガニさんが輸入されて養殖された。その後、ウシガエルの養殖場が閉鎖され、アメリカザリガニさ

んは、そこから付近に逃げ出したのさ。それが永い時を経て、各地に移動して異常繁殖し、今では要注意外来生物と言われている。なんでこうなるんだろうね」

沢ガニさんが言います。

「人間の都合で持ち込まれて、そして邪魔になり殺されるのかい。でもカラスさんが噂しているのを聞いたよ。アメリカザリガニさんは生存能力が高いから、絶対に駆逐されないってね」

ぎんちゃんは返事に困ります。沢ガニさんが躊躇せず言います。

「沢の周りの木は切らないで、木陰のままにしておいてね。切っちゃうとカラスさんが入り込むから嫌だよ」

ぎんちゃんも約束するしかありません。

「分かった」

四　波乱万丈の里山生活

その十　言いたい放題の夕暮れの会

（一）キツネさん、タヌキさんへの思い込み

今夜の夕暮れの会にキツネさん、タヌキさん、そしてイノシシさんも加わることになりました。ですから、ぎんちゃんが興奮しています。

せっかくだから面白い話をしなければと考えてました。今夜は、キツネさんと人間との関係を話そうと決めました。

ぎんちゃんが集まった皆に言います。

「キツネさんの話だけどね。いっぱいあるから何から話すか迷うよ。ほんの少し前までは、農村部では精神疾患で異常な行動をする村人を狐憑《きつねつ》きだ（注釈8）、と言って神主さんを呼んで、キツネさんの好きな食べ物を食べさせたりして、除霊をしてたんだって。昔の閉ざされた集落のような共同体では、得体のしれない現象や災いを、何かに

例えて畏怖し対処法を自ら見出してきた。それが一つには狐憑きといって恐れられた事例だよ」

キツネさんが非常に苛立って言います。

「それはキツネの仕業ということを言いたいようね。人間はキツネがそんなに憎いのかい」

ぎんちゃんが言います。

「キツネさんは神の使いだ、と農村部では畏怖があったからだよ。だから、キツネさんが怒ってる、とか恐怖心の表現になって伝承されたのかもしれない」

ぎんちゃんは、どんどんと言い放ちます。

「人間が、まだ病気のことをよく理解できない時代に、皆が小さな共同体の中で、何とかしようと右往左往していたんだ。その病気を何かの原因にしないと収まらない。そこで、畏怖の対象となっていたキツネさんがすごく神々しかったから、良くも悪くも使われたのだと思う。人間とは密接だったという証拠だよ」

キツネさんが何とも言えない反応をします。

「これから私はどう生きて行けばいいの。人間の期待は何なのよ」

ぎんちゃんは、少しほっとします。

「今までと同じでいいよ。人間は稲荷神社を設けて、今までと同じく敬うから心配しないで」

夕暮れの会の場が、少し落ち着きました。しかし、タヌキさんが言い出します。

「キツネさんはいいね。随分と人間に祭り上げられて。おいらは人を騙すって言われて悪狸呼ばわりだよ。人間は、キツネさんみたいな神秘性のある生き物に弱いみたいだね。霊的な現象を怖がっている、と自分で言っているようなものだよ」

ぎんちゃんの顔が急に曇ります。黒猫さんが、またかよという顔をして聞きます。

「今度は、生き物ではなく、何かの霊にまで悪いことをしたのかい。それとも、あんたは生き物ではなく幽霊なのかい」

皆が、怖がるどころか笑ってしまいました。さすがにカラスさんは、今回だけはやれやれと相手にしない態度です。

ぎんちゃんが、突然、小さな声で言います。

「実はね……」

言い出した途端に、皆が飛び上がります。カラスさんは木から落ちそうなくらいに慌てています。

そして、三毛猫さんが言います。

「捨ててしまった子猫の霊が、化け猫となって夜な夜な出てきたと思って猫を殺してしまった、なんて言わないでよ」

ぎんちゃんが冷静に言います。

「私は、霊感が強いというのか、浮遊する霊がすごく分かり易い体質なんだよ。だから、目に見えない何かの霊が近くにいるって分かる。若い頃は、旅先の宿で嫌な思いをいっぱいしたことがあるよ。殺されてしまう、と思ったこともある。人間の霊であることは確信しているが、悪いことをしていない私に、何をして欲しいのかも分からなかった」

キツネさんが言います。

「今、ぎんちゃんはこうして生きているから、殺されなかったということね。それは誰の霊か分かったのかい」

ぎんちゃんは言います。

「分からない。きっと死んだばかりの人間の霊だと思うけど、その時から、目に見えない霊というものが存在するってことが私も分かった。それが分かったことで、逆に新たな真理に近付けたような気もした。殺されなかったから、恨みは持たれていなかったと思うよ」

カラスさんが言います。

「それでおしまいかい。人間が好きそうなスピリチュアルで詰まらない話だね」

ぎんちゃんが言います。

「違うよ。不幸はこれからだよ」

皆が、今度は釘付けです。

「その話を会社でしたら、皆がすごく私を煙たがってね。口にはしないが、気持ち悪かったのだろうと思うよ。私も敏感だからそれを察して、数年後にその部門から別なところに異動して働くことにしたんだよ。人間は異質なものを嫌うからね。それが集団心理に働くと、もっと疎外感を与え出す。それが人間の共同体というものの宿命なのかもしれない」

皆がどう反応してよいか分からず、黙ってしまいました。人間の生き辛さは、さすがに理解できないようです。

タヌキさんが言います。

「ぎんちゃんは苦労をしてきたようだけど、そんなに悩んでもしょうがないだろ。世の中から逃げていては、死んだのと同じだろ。もっと生き物の本能を見せてよ。老いても関係ないよ」

ぎんちゃんは黙って聞いています。タヌキさんが少々苛立って言います。

「ぎんちゃんの前世は人間ではないね。生き物を食いまくり、そして勝ち誇ったようだけど、寂しく絶滅していった狼かな。今世で懺悔をしているように思えるよ」

ぎんちゃんが、突然口笛を吹き始めます。

「夜中に口笛を吹くと狼が来るから止めな、と子供の頃に母に叱られたことがある」

もう全員が大笑いです。でも一瞬、皆が裏山をそっと見返したのは事実でしたが。

ぎんちゃんが皆を無理に笑わせているようで、そして、ぎんちゃんの顔も暗い様子で、それを見透かしたようにタヌキさんが真顔でまとめます。

「苦労した過去を忘れて、今を生きなよ。もう過去を思い出して悩んでも仕方ないだろ」

この言葉の深さに、皆が妙に納得したようです。流石《さすが》はタヌキさんというところです。

結局、狸親父は人間ではなく、タヌキさん自身でした。しっかりまとめ上げたのですから。

注釈8　狐憑き　広辞苑
狐の霊にとりつかれたという一種の精神錯乱。また、そうなった人。

四　波乱万丈の里山生活

その十（二）伝書バトさん、カラスさんの生き方

秋の夜長に、今日もぎんちゃんの掛け声で、夕暮れの会が始まります。

「今日は、伝書バトさんとカラスさんの話をするよ。雉さんの話もしたいけど、山の奥深くに入っているから、なかなか里山の麓まで下りてこないんだよ」

カラスさんが言います。

「雉さんにはしばらく会ってないけど、鳴き声は相変わらず元気よく響き渡るから、大丈夫だよ。こちらからも、なんか返事をしてあげたらどうだい。ケーン！　と聞こえたら、柴犬さんがワオーン！　とかね」

ぎんちゃんが真顔で言います。

「そうだね。それも良い考えだから今度試してみよう」

伝書バトさんが、ぎんちゃんを急かします。

「ハトと人間の関係で笑える話なんかあるのかい」

嬉しそうに、ぎんちゃんが説明します。

「私も子供の頃は、ハトさんのような胸だったんだよ。姿勢が悪くて胸の骨が曲がってしまい、医学的には鳩胸（注釈9）と言うんだ。昔の医者なので言葉が怖くて、姿勢が悪いからもっと胸を張って生活しろって怒られた。それから、ハトさんの胸が気になって、よくハトさんを探して見入ったものだよ。そしたら、随分と奇麗な歩き方をするので、気に入ってしまった。子供の頃から、すごく親近感があるんだよ」

伝書バトさんが言います。

「ぎんちゃんもおいらのように胸が前に出ているのかい。見せてよ」

ぎんちゃんが言います。

「昔はそれがコンプレックスだった。生活には不具合がないのに、体形の違いだけで、体の異常あり、と健康診断書に書かれてしまった。変な大人社会だなと思っていた。自分には異常など何もないのにね」

ぎんちゃんが話を変えて続けます。

「私の見立てだけど、やはりハトさんの歩き方は格好良いよね。人間社会でいうと、モデルさんの歩き方だよ。背筋が張って、つま先立って奇麗に歩くから、見ていて気持ちが良いよ」

伝書バトさんもカラスさんも、どんな感じか全く分かりません。突然、ぎんちゃんが、モデルさんの写真を見せて説明します。しかし、皆が、だから何だという顔で詰まらなそうです。全く、反応のない一方的な会話で終わってしまいました。

伝書バトさんが言います。

「人間は、良くも悪くも生き物を使って、人の行為を諭すんだね。もっと直接的に他人に言えばいいのに、何故できないんだい。擬人化して生き物を笑い者にしないでよ」

残念ながら、ぎんちゃんの親愛の気持ちは伝わりませんでした。

諦めて、ぎんちゃんは、カラスさんの話を始めます。

「カラスさんは、本当に水浴びが好きだよね。人間は、カラスさんがあの短時間に水を羽で掻き上げて、バシャバシャする姿を見て、カラスの行水と言ってるんだよ」

カラスさんは言います。

「それは、馬鹿にした言い方だよね。見た目で言われたくないよ。理由があるのに」

ぎんちゃんが付け加えます。

「そんなことを言いたくて始めたのではないよ。本当に奇麗好きだよね。いつも羽が奇麗で光沢がある」

カラスさんが言います。

「ぎんちゃんは何が言いたいの。人間だって風呂に入って奇麗にするのだろ。随分の量の水の中に、長く入っていると言うじゃないか。三毛猫さんが驚いてたけど何故だい」

三毛猫さんが言います。

「前の家族のお風呂の話だけど、母親は、子供にゆっくりと肩まで浸かって温まりなさいっていつも言ってた。子供は、真っ赤な顔して我慢してたけど、滑稽だったわ。何で無理に入っているのか分からない。体に良いっていうけど本当なの」

ぎんちゃんが言います。

「そうだね。健康になるかどうかは、個人的に違うかな。確かに長い時間入っているのは、私もどうかと思うよ。本来は体を奇麗にするだけで良いのだけれど。後付けで

リラックスとか健康とか付け加えてしまって、常識化されたのかな」

ぎんちゃんは、カラスさんの水浴びの短さ、猫さんの水嫌いでも、この体の奇麗さに驚いていることを言います。

「なんで自然の中で生活しているのに、そんなに奇麗なんだい。私は農作業した後の体では、人込みの中には入れないよ。汗まみれで体が汗臭くなってるからね。人間は体臭が酷い生き物なのかな」

柴犬さんが言います。

「確かに臭いね。前の主人の口臭ときたら臭くてしょうがない。それに足の臭さときたらたまらない。夜中に帰ってきたら、必ず玄関に迎えに行くけど、靴を脱いだ瞬間にとんでもない臭いがする。喜べないから少し身を引くが、それがばれちまったのかな。だからこの山に捨てられたのかな」

三毛猫さんが、笑えない顔して言います。

「犬さんは大変よね。嗅覚が敏感だから、家の中での生活は地獄でしょ。変な臭いがいっぱいあるから。奥さんの香水も大変でしょ。タバコの煙も臭いし怖いよね」

柴犬さんが頷きながら言います。

「タバコは熱いし臭いし怖いね。ベランダに付き合わされる時は、逃げ場がなくて恐怖だったよ」

皆が、すっかり人間の悪口を言い尽くしました。そして、ぎんちゃんを注視して何か言いなさいと催促しています。

「人間は多くの水を使って長く風呂に入って、そして挙句に水が不足していると苦言を言う。節水を考えないで、当たり前と思って生きているのが不思議でね」

皆が、呆れ顔で黙ってしまいました。カラスさんの話がとんでもない話になって、どうでもよい人間の話で、皆が詰まらないようでした。

ただ、ぎんちゃんだけが、深く考え込んでいるようでした。

注釈9　鳩胸　広辞苑　抜粋

人の胸郭が湾曲して前方へ張り出たもの。

四　波乱万丈の里山生活

その十（三）人間への戒め

すっかり秋も深まり、朝晩は寒いくらいです。キツネさん、タヌキさん、そして人間嫌いであったイノシシさんも、夕暮れの会に加わるようになって、大盛り上がりになりました。

すっかり夜行性の生き物たちが多くなってきたので、かなり暗くなってからのお話し会になりました。

ぎんちゃんが、いつも焚火をするので、怪しい明るさが裏庭から山に向かって輝きます。これを合図と見て皆が集まります。

困ったことに、最近のぎんちゃんがおかしくなっていて、カラスさんや黒猫さん、三毛猫さんが心配しています。

少し調子に乗って来たというのか、自分から話を皆に捲し立てます。全くの一人独演会ですが、この話が結構馬鹿馬鹿しく、人間の自虐的様相が想像できるものだから、皆が笑い転げます。ですから、ぎんちゃんは、ますます調子に乗ってしまいます。

ぎんちゃんが、みんなに話し掛けます。

「今日も面白い話をするからね。私の尊敬する有名な作家に宮沢賢治さんという人がいて、注文の多い料理店という童話作品があるんだよ。それはね、猫が人間を騙しながら注文を付けて、最後には人間を食ってしまおうという話さ。途中で異変に気付いた飼い犬に助けられて、逃げられたのさ。これを題材に、私は注文の多い温泉宿という話を作ったんだ」

途中で黒猫さんが笑います。

「猫が人間を食おうとするのかい、愉快だね」

途中まで話したら、皆が、何のことか分からないと言い出します。人間の作った嘘の話だから、想像できないのも当然です。

ぎんちゃんは、少々自分勝手になりながらも話したくて仕方ないので、人間の行いの愚かさを感じてくれれば良いよ、と説得して語り始めます。

ぎんちゃんは、思いをぶつけて捲し立てて話します。

「この話をする前に少し聞いてよ。人間と人間が、銃やいろんな武器を使って殺し合う戦争という争いがあるんだ。私が生まれる十年前に終戦となった戦争では、三百十万人もの人が亡くなった。不幸にも直近で起きた世界での戦争でも、すでに数万人以上が亡くなっているようだ。新型コロナウイルス感染で肉体が蝕《むしば》まれて、五万人ぐらいが日本で死んでいる。生命の尊厳とは何なのかも分からなくなり、人の死を驚かなくなってきた。だけど、他の生き物が人間を食い殺すと怖がるし、その生き物を殺せという。ほんの数人が、生き物との事故で怪我しただけでも怖がる。何だか生命の尊厳がどこにあるやら分からない。直接的に、目に見える形で自分の身に死というものが直面しないと、絶対に恐怖を感じないようだ。そんな戒めを込めて作った作品だよ」

キツネさんが言います。

「毎回笑ってしまうものばかりで、楽しくなってしまうわ。でも今度の話は、実際に想像とやらができるかしら」

　ぎんちゃんは、ますます顔付きが変わってきました。

「ふふふ。楽しんでおくれよ。では、人間が他の生き物に食われてしまうという人間が作ったお話をするよ。人間は、牛やニワトリ、豚などに良い食べ物をいっぱい与えて育てて、それを食肉として美味い美味いと言って食っちゃっている。牛やニワトリ、豚は、良い餌をいっぱい食えるので、その飼い主の人間に愛情を少しでも感じたかもしれない。しかし殺されて食われてしまう。では逆に、人間が食われる、と知らないで美味いものや酒をいっぱい食べて飲んで胃の中が美味いものでいっぱいになった時に、料理されて食われたらどうだろうか」

　人間を食う生き物はどんな格好をしているのか、皆は想像できません。ぎんちゃんが言います。

「人間を食う生き物は、鬼という想像上の恐ろしい怪物さ。人間の姿をし、頭に角があり、虎の皮の褌《ふんどし》をしている。力が強く乱暴を働く者とされている」

　タヌキさんが言います。

「人間が殺されて食われるのかい。すごい話だ。聞きたいよ」

イノシシさんが興奮します。

「人間は、おいらたちを銃でズドーンと一発でいきなり殺しやがる。その後で、美味い美味いといって食うんだ。人間が殺されて食われるのを実際に見たいよ。イライラするから早く話してくれ」

カラスさんが言います。

「ずっとずっと昔は、まだ人間も知恵がなく、よく山で熊が人間を食い殺したんだよね。ライオンとかトラという生き物は、今でも人食いすると聞いているよ。そうだろ、ぎんちゃん」

「遠い国だけど、まだ大型の肉食獣がいて、農作業している人間を食ってしまうことがあるようだ。少ないけどね」

キツネさんが急かすように言います。

「そんな嘘の作り話で人間は何を学ぶの。聞いて何か我々の利益になるの」

ぎんちゃんは、皆の意見が噴出してきて進まなくなってきたので、とりあえず聞い

てとお願いして始めようとしますが、今度は柴犬さんが言い出します。

「おいらを捨てた家族の話だけど、家の主人は良く鬼とかの話をしていた。鬼らしさ格好の主人に、子供と母親が豆をぶつけていたよ。寒い日の夜だった。主人は奥さんと喧嘩をすると、毎回おいらを連れて一日中公園さ。公園のベンチに座ったまま、酒を飲んでブツブツ言ってたよ、鬼嫁ってね。また子供には、昔話とやらで、桃から生まれた桃太郎とかで鬼がいっぱい出てくる話があったよ。人間は鬼が怖いようだが、実際にいるのかい」

ぎんちゃんが諦めて、丁寧に柴犬さんの疑問に答えます。

「昔は、未知の自然現象や未確認の生物などを妖怪と考えていた。何か分からないものが恐怖だった。そんな怖さが鬼という伝説を生んだ。しかし、森の中の奥深くに逃げ込んだ人間が、人間とはほど遠い形相になって人を怖がらせたという話が、鬼伝説になったとも言われている。人を殺す、食うなども付け加えられた。私もここの森で生活していたら、近隣の人から怪しまれるかもしれない。ましてや、生き物たちと毎夜楽しそうに遊んでいるから、きっと野生人か、いや人間じゃないなんて言われるかな。昔はそんな人の考え違いから伝説が幾つもできたんだよ。何かの戒めには丁度良いからね。変わり者が怪しい人、危険な人、犯罪者に変化してしまう。それが鬼伝説かな。メンタル的に恐怖を植え付ける戒めかも。だけど、悪いことを正す役目があれば、人間社会では良いのでは。実存する生き物に人間が食われるのは、現代では少ない。ライオンや熊、そしてワニに食われるなどは少ない。昔は森が近く、人間と生き物が共存し、事故も多かった。今は逆に、目に見えないウイルスに体が侵されて、多くの人間が死んでいる。もし、眼に見える菌で、それが体内の細胞を食い尽くしていったら、もっと怖がるだろう。いや、パニックになる人が続出するだろう。不思議と目に見えないウイルスには何とかなると思っている節がある。こんなに人が死んでいるのに。そんな人間に対してマインドコントロールで恐怖に落とし込むお話を作ったんだよ。聞いてね」

短編一　注文の多い温泉宿

いつからだろうか、人間が食物連鎖の最上位であり、これは当然の自然の摂理だと思い込むようになったのは。困ったことに大多数の人間は、多くの動物を食料として依存していくことは当然のことであり、何も悪いことでもないと思っているようだ。だから、動物を食料として繁殖させてそれを飼育し、有無を言わさず屠殺《とさつ》して食ってしまう。冷静に考えれば野蛮極まりないというところだ。

逆に、誰もが他の動物に人間の肉は美味いといって食われるなどとは考えないだろうし、あり得ないと思っている。仮に食物連鎖の一員としてその頂点にいるならば、これほどの人口爆発はあり得ない話なのに、限りなく増加しているのが不思議だ。

永らく地球の進化を観察していた宇宙人が、とうとう動き出す時期が来てしまった。

食物連鎖の頂点にいる『人』の暴挙を戒めるために、『人』の古典的伝説の怪物を登場させることとなった。この怪物によって、『人』の深層心理の中で恐怖に落とし込み、戒めと気付きを促すこととした。

これから登場する人達たちは、何も知らずに深層心理で操られている一夜を過ごすことになる。

都心にある会社の若手社員ばかりの三十人の御一行様が、山の奥深くにある温泉宿に宿泊して忘年会を行うこととなった。忘年会だから、安くても豪華な夕食と温泉が必須なので、忘年会シーズン特別おもてなしプランというコースで、この宿を選んだ。

宿に着くと、女将《おかみ》らしい人が暗闇から迎えに出てくる。何故か大柄な血色の良い女であった。横を通り過ぎる時に、「この女将は体臭が酷いな。これは獣臭だよ」と思ったくらいだった。

今、この煮えたぎった油の中に落とされる時になって、あの時にもっと怪しんでいたらこんなことにならなかったのにと思ってもすでに遅い。

「油の中に落ちて人間の素揚げになり、鬼どもの晩餐会の料理となるのか」

宿に着いてからも、幾つも怪しいところはあった。この女将が妙なことを言い出す。

「皆さん、遠いところからお越しでお疲れでしょうが、先に夕食にしてくださいな。

でき立てを食べて頂きたいので。その後に、皆さん一緒にお風呂に入ってくださいな。いっぱい食べて飲んで頂いて、ゆっくりお風呂に浸かってくださいい。へへへ」と薄気味悪く笑う。

幹事の一人が問い正す。

「風呂の順番まで決めるなんて変な宿だな、どうしてですか」

女将は少し困った様子で説明する。

「実は、幾つかの風呂の種類があり、最後の湯の湯加減の準備がありまして。皆さんに丁度良い湯加減で楽しんで頂くように準備しております。へへへ」

「そうですか、そんなに色々あるの。楽しみだね」と皆喜んでしまう。また、女将が念を押すように付け加える。

「食後ですが、皆さん全員で御一緒にお風呂に入って頂くのをお忘れなく。最後の湯は温度調整があり、同じ時間に楽しんで頂くとよろしいかと。へへへ」

何だか、全て指導されているようで嫌な感じがするが、安いのだから従うかと皆は無言で頷いた。

そして夕食は大変豪華であった。山深い温泉なのに、これでもかというくらいに魚介類の舟盛が出される。また冬の季節とは思えないほどの野菜や山菜が大盛りで添えられる。「野菜と山菜は新鮮なものなので、軽く炙《あぶ》って食べてください」と女将が細かく指導する。

そして、地酒は飲み放題とのことなので、当然皆が喜んでこのお酒を飲む。名前がなんと『鬼誉』という。

全員が食べて飲んで、まったりとした姿になっている。

幹事が「では、八時に全員でお風呂に入りましょう」と、宴会の締めの声が飛ぶ。

女将がすかさず挨拶するが、また妙なことを言う。

「良い温泉ですので、石鹸は使わないほうが良いでしょう。ゆっくり浸かってくださいな。フフフ」

また、念を押すように付け加える。

「そうそう、最後の湯に入るときは、手拭いは持ち込まないでください。湯が汚れますと良くないので。フフフ」

「そんなに良い湯なの!」と女性陣は大喜びだ。女将が、一人の若い女性を見ながら品定めするように言う。

「お嬢さんは、ふっくらとして、また、お酒がほど良く回って体が紅色ですね。ほんとに美味しそうですわ。へへへ」

この女性は、「いやだ、女将さんのスケベ!」とはしゃいで言い返す。この時にも疑えばこんなことにならなかったのに。

「ああ、これで全員油の中で素揚げだ。酒も体中に行き渡り、胃袋には魚介類と野菜や山菜がいっぱい詰まっている。さぞかし美味いことだろう」と、後悔しながら落ちる間際に壁の向こうから大きな声が聞こえた。

「女将！『人間の胃袋への魚介類と季節野菜山菜の詰込みの銘酒鬼誉への一夜漬けの素揚げ』、とやらを早く持ってこい！　人間が多過ぎるから、いっぱい食って良いという閻魔《えんま》様のお達しだ。大盛りだぞ！」

そして続けて女の怒鳴り声がする。

「あんた、待ちなさいよ！　今日は一年に一度の鬼夫婦晩餐会で、ゆっくりできるのだから！」


鬼夫婦どもが、むしゃむしゃと我々の素揚げを食いちぎっているところを想像したところで、誰もが風呂の中で覚醒した。

恐怖さのあまりに、全員が、すぐさま濡れたままの体で着替えて、この宿から逃げ出した。無言で青ざめた顔が、生きているか分からない様相だった。

この人たちは、何を察したかは先々の宇宙人の観察で分かるだろう。ただ、生き方を変えるまでに至るかは疑問だが。

もう宇宙人の力を借りないと、地球は破滅する危機に瀕している、ということを誰が知り得ようか。

宇宙人だって、目に見える力で、人間を戒めることなどできないから、厄介な惑星の進化を面倒見ることになった、と嘆いていることだろう。

四　波乱万丈の里山生活

その十一　突然の夕暮れの会の終焉《しゅうえん》

　ぎんちゃんの一方的な講談に終始した夕暮れの会も、回を重ねるうちにあらぬ方向に向かいました。

　ぎんちゃんが突然提案します。

「人間の世界では、闘志を燃やす国威発揚のスポーツの戦いがある。ボールを蹴って遊ぶスポーツなんだけど、結構、これが国同士の闘争心を剥き出しにするので、観客もすごくエキサイティングする。特にこのスポーツが戦争のようなので、代理戦争などと言われている。スポーツが、国威発揚の戦いとなるのが良いのか悪いのか分からないが、それで発散できるならば良いのかもしれない。しかし、国同士のいがみ合いを、そんなところで発散するものではないけどね。このボールの取り合いを、皆でやってみないかい。遊びだから楽しんでおくれよ」

　黒猫さんが言います。

「猫は、動く物を追っかけて遊ぶのが大好きだから簡単だね。じゃれ合いでやれるよ」

柴犬さんも言います。

「元の家族とよくボール拾いをやらされたから、コツは覚えている。自分から遊ぶんだから楽しそうだね」

イノシシさんが不機嫌です。

「ただボールを追っかけて何が楽しいんだね。じゃれ合いとは何だね。そんな気分は一度も感じたことがないよ」

キツネさんが不機嫌です。

「ボールを追っかけて興奮してきたら、猫さんと犬さんに噛みつくかもしれないよ」

タヌキさんが言います。

「何が楽しいのかわからない。ただボールを追っかけるのかい」

ぎんちゃんが笑いながら言います。

「皆がどれほどボールの奪い合いに真剣になり、そして皆で遊べるのかを見たくてね。お願いだからやってみないかい。私も加わるから」

皆はしぶしぶ動き出します。ぎんちゃんが言います。

「ルールは特に決めないい。ただ、ボールを奪い合えばいいのだよ。生き物同士の喧嘩はなしだからね」

ぎんちゃんが裏庭の真ん中に、高くボールを投げ入れます。そして皆がボールを目掛けて走り出しました。

さすが、黒猫さん、三毛猫さん、柴犬さんが先に走り出します。それを見たキツネさん、タヌキさん、そして最後にイノシシさんも動き出します。何せ要領が分からないので、猫さん、犬さんの真似をするだけです。

さすが、慣れた奪い合いをするのは黒猫さん、三毛猫さん、柴犬さんです。手先が器用な猫さんが、どうもボールの最後の抱え込みが上手いようです。

柴犬さんは追っかけるのは早いですが、最後の抱え込みで座り込んでしまうので、ボールの奪い合いが続きません。

それが仇となる事故が起きてしまいました。ボールの取り合いをしていて、黒猫さん、三毛猫さんは大型の仲間が少々怖くなり、ボールを追いかける集団から遠ざかりました。

それを見計らって、柴犬さんが猛ダッシュでボールを追いかけ、捕まえて抱え込んで座ってしまいました。そこに、突進してきたイノシシさんが体当たりをしてしまい、柴犬さんの体が宙を舞い、数メートル先まで飛ばされて地面に叩きつけられてしまいました。

全員が凍り付いたように動きません。

柴犬さんは気絶してしまいました。焚火の周りで、生き物たちが静かにぎんちゃんと柴犬さんを見詰めています。

少し時間が過ぎて、柴犬さんが動き出して焦って言います。

「ぎんちゃん、おいらは歩けないよ。どうしたんだよ」

ぎんちゃんが、柴犬さんを抑えながら言います。

「覚えていないのかい。ボールを追っかけていたら、イノシシさんが柴犬さんの体に強く体当たりして、空中に跳ね飛ばされたんだよ。その後は少し気絶していたんだよ」

柴犬さんは、全く覚えていないようです。ぎんちゃんが青ざめて言います。

「どうも前足を骨折したようだ。痛いだろ。朝になったら病院に行くから静かにしていなさい」

皆は、柴犬さんが動いてくれたので安心したのですが、人間の病院に行くと聞いて動揺しています。

「ぎんちゃん、柴犬さんは殺されないかい。病院なんかに連れていっては駄目だよ」

とイノシシさんが言います。

柴犬さんは、人間の病院は良く行っていたので、特に心配はしていません。

「病院は嫌いだけど、殺処分はされないよ。体を治してもらうだけだよ。人間に飼われている犬も猫も病院に行けるから、健康で長生きできるんだよ」

皆は安心しましたが、柴犬さんが人間と仲良いという話になり、やはり相容れない関係なのかと、落胆を感じてしまいました。

カラスさんが言います。

「夕暮れの会は、これでおしまいだね。ぎんちゃんは、少し度が過ぎたんじゃないかい。我々生き物には、遊ぶなんていう気持ちは分からないよ。本気になるさ。犬と猫は、人間に飼われているから、人間との遊びというか、じゃれ合いは分かるのだろうけど、他の生き物にはそんな人間との信頼関係を前提とした遊びなんかあるわけがないだろ」

カラスさんの語気が最後にどんどん強くなり、最後は怒りに変わっているようでした。皆が静まり返ります。そしてカラスさんが最後のダメ出しをします。

「ぎんちゃんにはがっかりだよ。何でそんなにおいらたちを仲良くさせたいんだい。上から目線の仲間意識は止めておくれ。深入りしないで放っておいておくれよ」

ぎんちゃんは柴犬さんを看病しながら、下を向いて何も言えません。

今度は、黒猫さんが言います。

「カラスさんは嫌な言い方をするね。そんな言い方では、犬と猫が、人間のご機嫌取りで遊んでいる馬鹿な生き物みたいではないか。失礼だろ」

これもまた、語気が強くなり、喧嘩腰です。柴犬さんが苦しそうに言い出しました。

「犬も猫も、遊ぶということを知っているんだよ。それが、獲物を捕るための親からの教育だからね。あまり一方的に貶《けな》さないでおくれよ。カラスさんは、空中戦で親が

子に戦い方を教えるんだろ。同じことだよ」

皆は、ますます黙り込んでしまいます。一番困っているのは、イノシシさんです。鼻息も荒くどうすることもできず、ウロウロするばかりです。

キツネさんが冷静に、その場が凍り付くような言葉を発します。

「ぎんちゃん、もう夜中のお遊びは終わりにしましょ。一緒に遊んではいけない生き物たちが、調子に乗って遊んでしまったみたいね。我々、イノシシさん、タヌキさん、キツネは山奥に帰りますよ。もう家の近くには下りてこないから、静かに暮らしてくださいな」

ぎんちゃんは何も言えません。イノシシさんは柴犬さんに近付いて、どうしてよいか分からないまま一言だけ言います。

「野生の生き物と人間に飼われた生き物は、全く違うんだよ。許しておくれ」

タヌキさんも最後に一言言います。

「もうここに集まることは止めよう。ぎんちゃんが我々に会いたくなったら山の中に入って来なよ。そこで静かに話そう。もう大はしゃぎをする会合は嫌だからね」

寂しい一言が響き渡り、皆が、別々な方向の暗闇に消えて行こうとしています。

ぎんちゃんは皆を追いかけるように、後姿にしんみりと言います。

「本当に御免なさい。静かに森の中で会いましょう。反省するので、少し時間をください」

皆が黙って、暗闇に消えて行きました。

残されたぎんちゃんと柴犬さんは、まだ地面に座ったままです。そしてそれを見守る黒猫さん、三毛猫さんがどうしようかと迷っている様子です。

カラスさんは、少し離れて様子を窺っているようです。三毛猫さんが、がっかりしながら言います。

「ぎんちゃん、人間はどうして生き物との付き合い方が下手なの。静かに見守ることが何故できないの。また生き物に迷惑を掛けて、失敗してしまったのかもしれない」

四　波乱万丈の里山生活
その十二　晩秋の里山生活

ぎんちゃんは、夜な夜な生き物たちと遊んでいたので、里山の整備が全く進んでいませんでした。反省してやっと動けるようになりました。すでに秋も深まり、里山の木々も葉を落としています。

ぎんちゃんは、まずは里山の落ち葉を集めて、堆肥作りの準備を始めました。小さい頃の思い出があるからです。

また、良からぬ考えが頭を過《よぎ》ることもあります。不仲になった仲間たちをまた集めて、裏山の落ち葉の上を滑り台にして遊びたいと思ったりしています。

小学生の頃の思い出ですが、楢《なら》の木の落ち葉が敷き詰められた上に寝転がると、滑り台になりすごいスピードで山肌を下ることができました。これが、晩秋の遊びでもあり、本当に楽しかったのを思い出しました。

農家のおじさんが、一生懸命、落ち葉を集めて竹で編んだ大きな背負い籠に入れて担ぎ出しているところでの遊びでした。不思議とおじさんは怒らず見守ってくれました。

ぎんちゃんは想像してます。

「タヌキさんは上手に滑りそうだな。イノシシさん、キツネさんは滑るのを嫌がるだろう。猫さん、柴犬さんは大はしゃぎだろうな」と薄笑いをしています。

それを不審に思って、柴犬さんが言います。

「ぎんちゃん、何を笑っているの。また良からぬ考えを持ってないかい」

柴犬さんからも信用がなくなってしまったのか、とぎんちゃんは心配になりました。

柴犬さんも、前足の骨折ではなく脱臼だったので、早く回復してきましたが、やはり少し左前足を引きずる感じが残ります。でも、元気にはなってきて裏庭を駆け回っています。

ぎんちゃんが説明します。

「この里山に落ち葉がいっぱいあるだろ。このような落ち葉の上を滑って降りる遊びを子供の頃によくやっていたのさ。やってみようかなと思ってね」

柴犬さんは、すぐには反応せず、またはしゃいで怪我をするのではないかと躊躇しています。

「柴犬さんはやらなくていいよ。自分だけが楽しむから見ててね」

そう言い放って、ぎんちゃんが山肌を登り出しました。思った以上に落ち葉が多く積もっています。これは絶対に良い滑り台になると思いました。

勢いよく体を落ち葉の上に放り出して、お尻で滑り出しました。すごいスピードで下って行きます。柴犬さんは、面白そうだから見ていて大喜びです。

我慢できずに柴犬さんは、ぎんちゃんに付いて山肌を駆け上ります。そして今度は、ぎんちゃんが柴犬さんを抱えて一緒に下ります。腹のところから、顔をめがけて落ち葉が飛んできて、最後には落ち葉に隠れてしまうほどに埋もれます。

その落ち葉の中から、ぎんちゃんの笑い声と柴犬さんの喜ぶ鳴き声が、山肌に反響します。

山の中がざわついているように感じます。きっと生き物たちが何事かと察したのでしょう。ぎんちゃんは薄々分かってますが、気にもしないで柴犬さんとまた駆け上ります。

その様子を見ていた黒猫さん、三毛猫さんも我慢できません。すかさず、ぎんちゃんと柴犬さんを追っかけて登ってきます。

今度は、ぎんちゃんが皆を抱え込んで急降下です。笑い声が絶えません。困ったことに、また、ぎんちゃんがはしゃぎ過ぎです。出掛けていたカラスさん、伝書バトさんが飛んで来ます。

「また騒がしいから飛んできたら、今度は変な遊びを始めたね。大丈夫かね」

ぎんちゃんが答えます。

「自然の中の遊びはいっぱいあるから楽しいよ。今度は失敗しないから見ていてね」

カラスさんは呆れ顔です。伝書バトさんは、小さな声で言います。

「ぎんちゃんは本当に人間なのかい。どう見ても、普通の、というかおいらの主人だった人間と種類が違うよ。変わってる、というか何を考えているんだろ」

カラスさんが言います。

「変な人間だから興味深いのさ。何かをやってくれそうでね。もう腐れ縁だから、非難はするけど見守るだけだよ」

しばらく遊んで、落ち葉を体にいっぱい付けた皆が、落葉滑り台から帰ってきました。遊んでばかりいたようでしたが、麓に、丁度よく落ち葉がいっぱい掻き集められています。

ぎんちゃんは、大きな籠を担いできました。そして、その落ち葉を籠に入れて堆肥を作る場所に何度も運びました。これで良い堆肥ができると確信しています。

いっぱいになった落ち葉の山の中に、柴犬さん、黒猫さん、三毛猫さんがジャンプします。初めての体験なので嬉しくてしょうがないようです。ぎんちゃんもただただ笑うだけです。

柴犬さんから後々聞いた話ですけど、その夜に、タヌキさんがこの落ち葉の山積みに来て、意外と中が暖かく気持ちよいので、一晩寝ていたということです。

その後、イノシシさん、キツネさん、タヌキさんも、ぎんちゃんには知られることなく里山に下りて来て、落葉滑り台で遊んでいたようです。イノシシさん、キツネさん、タヌキさんも、この行為を遊びと分かったのでしょう。

四　波乱万丈の里山生活
その十三　やはり厳しい冬となった里山

この土地の冬の様相はさすがに辛いと分かってきました。ぎんちゃんが、なかなか小屋の外に出て来られないニワトリさんに言います。

「ニワトリさん、この土地の冬は大変だね」

ニワトリさんが答えます。

「雪が降っても外は歩けるけど、食うものがないよ。さすがに冬はぎんちゃんに世話になるしかないね」

ぎんちゃんが言います。

「遠慮はいらないよ。卵をもらっているのだからね」

ニワトリさんが、少し強い口調で言います。

「おいらは、ぎんちゃんに卵を売って餌を対価でもらう。対等ならば、もっと上等な食い物をよこせ、さもないと卵を渡さない、ともっと主張しても良いはずだね」

途中から、伝書バトさんとカラスさんが、鶏小屋の屋根の上から会話に加わります。

そして、伝書バトさんが言います。

「集団で飼われているニワトリさんは不幸だね。あんな身動きできない囲いの中で、餌をもらい卵だけを産む。考えたらぞっとする。ぎんちゃんが小屋に閉じ込められて、強制労働をやらされたらどう思うかね」

ぎんちゃんが答えます。

「きっと、精神状態がおかしくなって自殺すると思うよ。考えただけでもぞっとするもの。それが分かるから対等に、対価としてニワトリさんに餌と自由空間を与えたくてね。自己満足と言われてもそれでも良い。考え方を変えないと、人間は他の生き物に強いている理不尽さを、何も疑問に思わなくなるだろうからね」

カラスさんが言います。

「ぎんちゃんも真面目だね。人間社会の中でそれを言ったら、じゃあ卵を買わなくていいと苛《いじ》められるだろ。あまり正直に言わない方が利口だろう」

ニワトリさんが言います。

「ニワトリから言えば、あのケージの中での生活は拷問に近い強制労働だよ。生き物の生きる権利などとはほど遠い」

カラスさんが言います。

「人間は他の生き物の痛み、苦痛など全く分からないのだろうね。これから、人間と他の生き物の分断はますます酷くなるのだろうね。我々カラスだって、人間にとっては役立たずと思われて、厄介物にされてしまう。そして殺されてしまうのかな」

ぎんちゃんが前向きに話をまとめます。

「最近はアニマルウェルフェアと言って見直されつつあることだけど、養鶏農家がニワトリさんを野放しで飼育し、餌もＤＮＡ改良肥料を使わなくなってきている。これを、ある県の養鶏農家が実践していて、その卵を売っている。動物福祉と事業の両立となっているようだ。これがお互いに生きる権利を尊重した共存だと思うよ。全部の養鶏農家がこれをすぐにできるわけではないけど、こんな方向に改善されると信じているよ」

カラスさんが真面目に言います。

「ニワトリさんは、人間との関係が深くなり過ぎたから、このままの一方的な主従関係は変わらないだろうね。少なくとも、少しでもニワトリさんの生きるための環境改善になるといいねと思っているよ。だけど、ぎんちゃんがこれを世間に理解させるには時間が掛かるだろうね」

ニワトリさんが苦言を呈します。

「カラスさんが入ってくると話が混乱するよ。心配してくれてるのか、貶《けな》されているのか分かんないよ」

ぎんちゃんが、頷きながらニワトリさんに言います。

「対等ならば対価をもらうのだから、要求を出すのは当然だよ。何か要望はあるかい」

ニワトリさんは、話が少し収束に向かったのでほっとしてます。

「現状で良いかな。身の安全と餌と庭で伸び伸びと動き回れる自由があるからね。だけど、先々、きっとあの山に入りたくなるよ。あの広い自然の中がどうなのか憧れるね」

ぎんちゃんが言います。

「雉さんは、時々山から下りてくるから話をするかい。どんな暮らしか聞いてみたら良いよ」

カラスさんがすぐに話し始めようとしましたが、最近、第三者発言ばかりで、更にネガティブ発言が多くなった、と他の生き物から懐疑的に見られていることを感じていたので、ぐっとこらえて黙りました。

それを察したぎんちゃんだけが、薄笑いしてカラスさんを見ていました。カラスさんも可愛いものです、とぎんちゃんは思っています。

今度は、伝書バトさんが、冬になると思い出すことがあると言い出します。

「ニワトリさんは大変だね。あんな狭い場所に入れられて身動きできないで。食い物はいっぱいもらっても身動きできず、ストレスだらけだろうに。自由でよかった、おいらは」

カラスさんが、すかさず伝書バトさんの平和ボケの態度に言います。

「あんたは飼い鳩の伝書バトだろ。自由があるのかい」

伝書バトさんが自虐的に言います。

「ずるいけど、いいとこ取りかな。ほどよく従い、食い物と安全な棲み処をもらう」

カラスさんが笑います。

「好きじゃないね。カラスには無理だ」

伝書バトさんが寂しそうに言います。

「最近のことだけど、近所の人から伝書バトの糞が汚いと言われて、主人もそろそろ伝書バトを飼うのを止めようかと奥さんと話していた。奥さんも、伝書バトの糞は汚いから大嫌いなんで喜んでいたよ。そろそろおいらも追い出されるのを予想していた。そして、あのニワトリさんの集団殺処分を目撃したから、もう我慢できずカラスさんの後に付いて来たんだよ。平和ボケなんて言うなよ」

カラスさんが冷たく言い放します。

「放り出される前に、売られて同じ伝書バトレースをやるか、それとも殺されるかだよ。人間はハトも食うというからね」

寒くなった日の裏庭で、この場に残ってくれた限られた生き物たちと、時々静かに話をするのが唯一の楽しみでもあります。

移住したばかりから、ぎんちゃんの行き過ぎた生き物への思いが空回りして、結果として仲間との夕暮れの会を終わらせてしまいました。そして、里山のぎんちゃんの家は静まり返っています。

生き物たちとの寂しい別離をしてしまって、静まり返ったぎんちゃんの裏庭も、そこから見える里山もすっかり厳しい冬の訪れの様相となりました。

冬は、何か寂しい限りです。黒猫さん、三毛猫さんは寒いらしく、ぎんちゃんの家の近くに寄ってきます。少々遠慮しているようです。

ぎんちゃんは、農機具などを入れておくビニールハウスに入り口を作ってあげて、その中で生活するよう勧めました。きっとこの先、子育てもあるだろうから、安全な場所を作ってあげました。

あまり世話し過ぎて黒猫さん、三毛猫さんは、最初は嫌々な様子でしたが、冬の寒さは耐えられないようです。他の生き物たちの手前、あまり仲良くし過ぎるのも良くないと思っていたけれど寒さには勝てません。

黒猫さんが言います。

「ぎんちゃん、意外とここは寒い土地だね。前の土地とは違うので参っちまうよ」

ぎんちゃんも、確かにこの寒さには驚きで、雪も積もるようなので心配です。ビニールハウスの中の少し高い場所に、大きな木桶を用意して、中には藁を敷いてやりましたので、寒さを凌げて快適なようです。

黒猫さんが言います。

「世話になって悪いね。この場所が気に入ったので、ここで冬を越すよ」

三毛猫さんが嬉しそうに言います。

「暖かくなるころには家族ができると思うので、よろしくね。今度は子猫を捨てないでね」

ぎんちゃんは、一瞬動揺しました。あまりにもきつい冗談とも言えない言葉に、返す言葉が見つかりません。

黒猫さんも驚いて、ぎんちゃんを庇《かば》うように言います。

「三毛猫さん、あまりぎんちゃんを苛めてはだめだよ。結構繊細なんだから。一人寂しく暮らしているのに、我々が見捨てたらもっと寂しそうになっちまうよ」

三毛猫さんは、黒猫さんの寂しいという言葉に驚きつつ心を動かされて、少し言葉を選びながら続けます。

「ところで、ぎんちゃんは奥さんはいないの？　子供は？」

ぎんちゃんの顔が急に曇ります。すかさず、黒猫さんが察して動揺します。そして恐る恐る質問します。

「ぎんちゃん、まさか奥さんに悪いことして別れたのかい。それとも虐待かい？　もういやだよ」

ぎんちゃんが真顔で怒ります。

「馬鹿なことを言わないでよ。大事な奥さんなんだから。というか、大事な奥さんだったよ」

三毛猫さんがさらに言い寄ります。

「やはり、喧嘩して離婚したの？　懺悔しなさい！」

ぎんちゃんが、参ったとばかりに言います。黒猫さんと三毛猫さんは、ぎんちゃんが何を言い出すのか怖くてすでに毛が逆立ってきました。

「大事な奥さんは、この夏に病気で亡くなったよ。そのことを含めて、この地に一人で移住することを決断したんだよ」

黒猫さん、三毛猫さんは、事の重大さに驚きます。そして、三毛猫さんが言います。

「寂しさのあまりに、生き物たちを集めて気晴らしに遊んでいたの？」

ぎんちゃんは続けます。

「生き物たちと共存する場所は、昔から作りたかった。そんな時に、皆と前の土地で出会った。一緒に移住するタイミングが、妻の死と同時だったということだよ。亡き妻もきっと応援してくれていると思うけど」

　黒猫さんが言います。

「ぎんちゃんは、再三寂しいという言葉を使ったけど、おいらは野良猫でそんな気分は全く分からなかった。でも三毛猫さんと一緒になり、大事な相手と気付いて守りたくなった。もし何かあれば、それが寂しいという気持ちなのかい」

　ぎんちゃんは言います。

「黒猫さん、分かったようだね。大事な人との別離は辛いし、それが寂しいということだよ。でも永遠に一緒にいられるわけもないだろ。いつかはその寂しさが訪れる。覚悟をもって生きることだね。それは生きている時の楽しさ、嬉しさを心に残すことだろうと思うよ。黒猫さん、三毛猫さん、楽しく二匹で、いや、今度生まれてくる子猫たちと楽しく生きてね。寂しいということを感じないくらい一生懸命楽しんでね」

　三毛猫さんは、ようやく納得したように顔が緩んできました。ぎんちゃんの辛くても再起を賭けたような生き様の話を聞いて、皆一緒に冬を迎えることになりました。

一方で、ぎんちゃんには気掛かりなことがあります。猫さんたちは、何とかこの冬をここで越せるでしょう。都会の農園の周りに棲んでいて、一緒にこの里山に移住してきたカマキリさん、コガネ蜘蛛さん、アマガエルさん、蝶さん、雉さん、蛇さん、蚊さんのほかの仲間たちはどうなったかを心配しています。

各々は、冬眠するものと次世代に卵を残すものとで秋の始まりに見届けられなかったことを反省するばかりです。新しく出会った生き物たちと浮かれて夜な夜な遊んでばかりでしたので、皆に本当に申し訳ないと思っています。

ただ、カマキリさんだけが、自分が産んだ卵の位置を教えてくれています。だから、ぎんちゃんは春を待ちながら大事に見守りたいと思ってます。

もう余計なお世話をしないで、自然環境を保全しながら、静かに見守るだけだと思っています。

新しい年を迎えた一月の終わり頃、やはり雪が降りました。例年、一月末から二月初めに、この土地にも雪が積もることがあるのは知っていましたが、どの程度積もるかが心配でした。

里山もぎんちゃんの家も裏庭も、全て真っ白に雪で覆われた朝の出来事です。朝日が雪面に反射して眩しい限りです。十㎝ぐらいの雪が積もっています。

柴犬さんは、すっかり怪我から回復し走れるようになっています。少し左前足の動きがぎこちなく後遺症として残ってしまったようですが、不自由なく動けるようです。

柴犬さんは雪が大好きですから、雪面を走り回ります。それを見ていたぎんちゃんは、まさしく柴犬さんの足跡ではない複数の生き物たちの足跡を見出します。

ぎんちゃんは薄々分かりますが、確認するように柴犬さんに質問します。

「この足跡は柴犬さんのものではないね。誰の足跡なのかな」

それを見ていたビニールハウスの入り口にいる黒猫さん、三毛猫さんが言い掛けます。それを制止するように柴犬さんが言います。

「何か知らない生き物が、夜中に来たのかな。気にしなくていいよ」

何となくスッキリしない柴犬さんの返事です。それをニワトリさんの小屋の上から覗いていたカラスさんが不機嫌に言います。

「柴犬さん、そんなに気にすることなく言いなよ。昔の仲間がぎんちゃんを心配していて、夜な夜なウロウロしていたことを。昨夜だけでなく、今までに何度もね」

ぎんちゃんは驚きます。

「何故だい？　もう山を下りてこないと言っていたのに」

カラスさんが正直にぶちまけます。

「黒猫さんが、ぎんちゃんの奥さんが亡くなってしまった身の上話を、皆に話したからさ。黒猫さんも、寂しいっていう気持ちが分かったもんだから、皆に言い触らしていたのさ。ぎんちゃんが寂しそうってね」

黒猫さんが、これには憤慨します。

「おいらを馬鹿猫みたいに言うな。本当に可哀そうに思ったから、皆に知らせただけだろ！」

三毛猫さんも同調します。

「カラスさんはいつも他人事ね。木の上から第三者を気取るのはお止めよ。それで、地上の生き物たちの苦労なんか分かるわけないでしょ」

三毛猫さんの言葉が、カラスさんのプライドを撃沈します。

さすがにカラスさんも何も言えません。すかさず、三毛猫さんが続けます。

「カラスさんと喧嘩なんかしたくないのよ。もっと個々の生き物の気持ちを分かって欲しいの。いつも第三者評価は止めてよ」

カラスさんは下を向いて考え込んでしまいました。


ぎんちゃんが言います。

「皆も私が寂しがっていることを知っていたのかい。嬉しいよ」

柴犬さんが言います。

「皆もぎんちゃんに知られたら気まずいから、しばらくは黙っていようという決め事だったのだよ。気にしないで、このままでいなよ」

ぎんちゃんの心が和み、そして温かくなり、もう春が来たような気分になりました。

四　波乱万丈の里山生活

その十四　そして待ちに待った春の訪れ

（一）春の原風景への思い

寒すぎない、という下調べの情報でも、やはり山沿いの土地だから冬は寒かったようです。そんな冬の寒さも、次第に緩み始めて三月になりました。これから、どう里山と畑を整備してゆくかの実行の時となります。冬の間に、じっくりと考えていたので、それを実行に移すだけです。

冬の間、ぎんちゃんは、この里山共存エリアに適した季節ごとの花と木々について考えました。これまで働いていた農園の環境と大差はないと思うので、類似した花や植木を植えたいと考えました。

そんなことを思い描いて里山の麓辺りを歩きながら、ぎんちゃんは、ふきのとうを探しています。春の日溜まりの土手に芽を出すふきのとう（注釈10）（ぎんちゃんの生まれた田舎ではじゃほうじとも言う）は、まさに春の訪れを感じる植物であり、貴重な食材でもあります。味噌と絡めたじゃほうじ味噌があれば、ご飯が何杯でも食べられます。

春の息吹を感じながら、畑の仕事を毎日行っていますが、ドキドキする季節が近付きます。四月末から五月初めには薫風の頃となり、この時期に合わせたかのように、百花繚乱《ひゃっかりょうらん》の植物の力が感じられます。

だけど、自然に根付いているものはそのままにして、ぎんちゃんとしては、これだけはというものを新たに植えて愛でたいと思っています。

それは菫《すみれ》です。葉の葉間から細長い花柄《かへい》を出し、濃紫色の花を横向きにつけるスミレ科の多年草です。日当たりの良い野山に自生します。

何故そんなに、ぎんちゃんが菫に執着しているかというと、少し話が長くなりますが話しておきます。

万葉集に、「春の野にすみれ摘みにと来し我ぞ野をなつかしみ一夜寝にける」、という山部赤人《やまべのあかひと》（注釈11）の短歌があります。若い頃から短歌が大好きだった、というわけではなく、偶然に出会ったこの短歌に心惹かれました。それは、ぎんちゃんの子供の頃の原体験が、この短歌の風景と一致して共感したからです。体に沁み込むような感動を覚えたことを記憶しているからです。「これだ！」と感嘆しました。

幾つかの解釈があるようですが、ぎんちゃんは、以下の解釈を信じて今まで生きてきました。

『春の野にすみれ摘みにと来し』とは、春先に野に出て、芽を出したばかりの食べられる野草を摘む行事で『若菜摘み』と呼ばれて大切にされていたようです。

冬には枯野であったところに、春、新芽が伸びてくるのを古代の人は、命の再生の象徴と考えていたそうです。春の野の若菜摘みは、そうした命のエネルギーを、大地や若草から得ようとする意味合いがあったということです。

現代の七草がゆの由来は、ここからのものらしいです。

千年以上前でも自然賛歌はあったのだ、と日本人のルーツに共感し、そしてそんな感受性の自分にも感嘆したからです。しかし、近年、これは逢引きの歌ではないか、と余計な解釈をする研究者も出て来てがっかりです。

自然賛歌にかこつけて、野に出て愛人宅に泊まったのかと、ぎんちゃんにとっては、知りたくない余計な解釈です。万葉集の中の恋愛短歌と同じになってしまうのか、と嘆きもしました。

しかし、若菜摘みは年中行事で、これは自然賛歌と言えるので、大方、私の思っている解釈かもしれないと考えています。

ぎんちゃんは、山部赤人さんに聞きたいと思っていました。これは「自然賛歌か愛人賛歌か、はっきり語ってください」と。

こんな思いを持ちながら、この裏山の日向の土手の辺りに、いっぱい菫が見られるかもしれないと期待しています。もし見られなかったら、それだけは植栽したいと考えています。

そして、菫の咲く近くにテントを張って一夜寝たいと思っています。万葉集のこの短歌が、純粋な自然賛歌の短歌であって欲しいと思いながら。

だけど先の分からない生か死に直面した短命な時代の短歌だから、恋愛を謳歌するのも否定しては可哀そう、と思えるようになったのは、歳を重ねてからのつい最近かもしれません。

今の我々より、もっと自然と密着して生きていたのだから、生き物の本能に従う春なのかもしれない、と思うようになってきました。


ぎんちゃんは、思い出したことがあったので、黒猫さん、三毛猫さんを呼んで聞きました。

「黒猫さんはどう思うかな。薫風のころ、花が百花繚乱となり、そんな時に自然の中に入って寝ていたくないかい。三毛猫さんが近くにいても気にせず、寝ていたいと思わないかい」

ぎんちゃんの誘い水のような問い掛けに、三毛猫さんが不機嫌です。ぎんちゃんがそんな聞き方をしたのにはわけがあります。

前住んでいた家の近くで、一匹の猫が百花繚乱、そして新緑の植え込みの中で、気持ちよさそうにゴロゴロ寝ていた昼下がりを思い出したからです。

ぎんちゃんは、黒猫さんが答える前に話し始めます。

「五月初めのほんのりと暖かい日で、木々は若葉、花は百花繚乱だよ。分かるね。一匹の猫が家の前の門の上でゴロゴロしながら寝ていた。私に気付いてもお構いなしに寝返りを打つ。風が心地良かった。私も寝たいくらいの心地よい昼下がりだった。まさにこれが薫風の頃だよ」

ぎんちゃんは、まだ、とくとくと話します。

「こんなに気持ち良い日は、わずか数日しかないだろうから、恋よりも昼寝だよね」

黒猫さんは呆れて笑いながら答えます。

「分かるね。きっとおいらも寝るかな。今だったら、三毛猫さんを連れだって昼寝かな」

それを聞いてぎんちゃんは、その心地良さが共有できたことに、驚きと喜びを感じました。そして、昔の人の短歌の話をしてみました。そしたら黒猫さんが変な解釈をします。

「その昔の人は、恋人と一緒に自然の中に入って寛《くつろ》いで寝たんじゃないかね」

何か妙な方向に行ってしまったので、ぎんちゃんはこれで止めようと思いました。

しかし、黒猫さんが一変して鋭く言い切ります。

「三毛猫さんがそこにいなくても、きっとそこで寝ると思うよ。本当に心地良いもの。生きていて良かったと思う一瞬だよ。その限られた季節の自然の心地良さを分かっているのは、人間よりも自然の中で生きている生き物だと思うよ」

ぎんちゃんは、頭を棒で殴られたかのような衝撃を感じました。この歳になるまで、何を探していたのか、そして何を悩んでいたのか。やっと解決してスッキリしました。

ぎんちゃんが言います。

「黒猫さん、ありがとう。掛け替えのない本当に繊細で心地よい日が存在することが、黒猫さんと私との間で共有できたことが本当に幸せだよ」

木の上でその話を伺っていたカラスさんが言います。

「おいらのことを話してもいいかい。ぎんちゃんは、以前働いていたところの畑に、

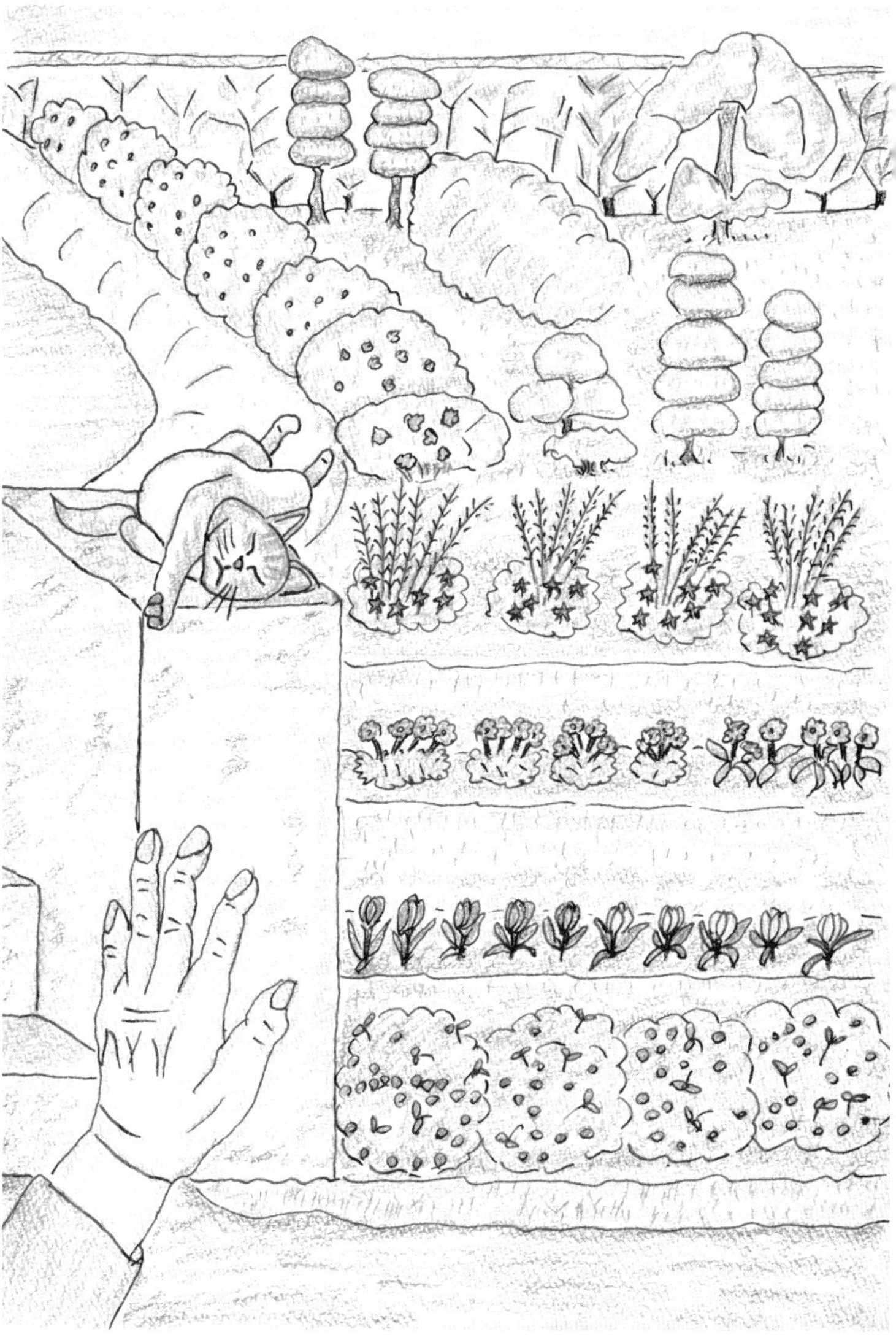

大きなたらいに水を張って置いてくれたね。丁度、気温が上がってきたその頃かな。畑には野菜の苗が植えられて、これからどんどん成長する頃だね。そのたらいの水が何を意味するかは色々考えた。カラスが水浴びをして、畑の野菜にはちょっかいを出さないように、が正解だったのかなって。だけど、その季節の水浴びは最高だね。ぎんちゃんの策略だろうけど、まあ許してやろうと思って浴びてたよ」

ぎんちゃんが笑います。

「本当に気持ちよさそうに水浴びをするね。そして、農道を人間の酔っ払いのように、千鳥足でふらふらと歩いていた。大笑いだったよ」

カラスさんは、ぎんちゃんに感謝したつもりなのに笑われて不機嫌です。

注釈10　ふきのとう　百科事典マイペディア

フキの若い花茎。花が開かぬ前の鱗片状の包葉に含まれたものを食用にする。特有の芳香と苦味があり、焼いたり、ゆでたりしたものに練りみそをつけて食べたり、てんぷら、つくだ煮などに、また刻んで吸い物の実にする。

注釈11　山部赤人　ブリタニカ国際大百科事典　抜粋

奈良時代の万葉歌人。一種の宮廷歌人的存在であったと思われるが、ほかに諸国への旅行で詠んだ歌も多い。長歌は、柿本人麻呂の影響下にあってそれを抜きえず、空疎とも評される。これに対して短歌、ことに自然を詠んだ作はまったく新しい境地を開き、第一級の自然歌人、叙景歌人と評される。

四　波乱万丈の里山生活

その十四（二）里山整備の着工

冬の間に考えた生き物たちとの里山共存エリアを作る計画が、具体的になっています。そのエリアには、木に実がなるものを主に植栽します。その実りを共有するという考えです。

人間と里山に住む生き物の境界線になるのかもしれませんが、可能な限り共有の場として利用してもらう考えです。

その考えは、生き物たちの生活に深入りしてはいけない、という反省からです。この地で互いに生きる権利を守っていくための共存エリアです。

ぎんちゃんの家の近くを夜な夜な餌となるものを物色する生き物もいますが、それはかまわないことにします。

冬の間に、現存する木々の調査も行いました。しかし、共存エリアを里山の生き物とぎんちゃんの畑などの生活エリアとの境界とするために、ある程度は下刈りをした

青梅
アケビ
胡桃
柿
栃の実
栗
桑の実
ケヤキ
ヘビイチゴ
山桃
スグリ
バライチゴ

ベルト地帯を作り、そこに植栽も行う必要があります。目に見える形で共存エリアを設けないと、上手く人間と共存ができない森の中の生き物もいるからです。

生き物たちへの贈り物は、柿、栗、胡桃《くるみ》、アケビ、栃の木、バライチゴ、桑の実、山桃、青梅、蛇イチゴ、スグリなどです。これらがこの土地に馴染み、成長するかは甚だ疑問ですので、あまり欲張らず主要な木を植えて、他は、この地に自生するものを優先させる考えです。

まだこの地は借地ですが、将来を見据えて購入を伝えてあります。ぎんちゃんの計画通りの、生き物たちで賑やかな森にする考えで進めます。

人間にとって害のある生き物であると決めるのではなく、自然の恵みの中で、人間と生き物たちの共存エリアを設けて棲み分けることです。人畜に害があれば、それを害獣と呼ぶのだから、さしずめ、生き物に害を与えるから、人間は害人かもしれない。互いがそうならないような里山共存エリアを目指します。

『桃栗三年柿八年』と言われるように時間が掛かるので、植栽が成長するまでは、こまめに下刈りをやり、見晴らしをよくしておきます。そこには日溜まりもあり、冬には暖をとれます。

秋にはイノシシさん、キツネさん、タヌキさんらが笑いながら柿、栗、栃の実をめがけて下りてくるのが夢でもあります。

ぎんちゃんは、それを思いながら作業を進めています。

五　活気に満ちた里山生活を迎えて

その一　ぎんちゃんは整い始めた里山生活で心機一転

(一)　遁世《とんせい》との決別

ぎんちゃんがこの土地に移住した理由は、自然は好きだが、心の中では半分は遁世の気持ちだったことです。移住して五年が過ぎて、やっと心の整理ができてきました。

世の中なんて、自分が思うようには動きませんし、また、思うように生きられもしないものです。必ず人とぶつかりあいます。

夏目漱石先生も、草枕の冒頭で言っているように、生きている限り、とかくこの世は住みにくい、らしいです。だからといって解決策があるわけもないので、ぎんちゃんは、逃げて遁世を決め込んでいようかと思っていました。

一方で、そんな世の中であれば、人間社会で言われている勝ち組とやらになって、厄介なことから抜け出ようかとも考えました。だけど、ぎんちゃんは、勝ち組というものが存在するとは思っていないし、その勝ち組の先にあるものは陥落しかない、とも思っています。結局は、荒波に揺られて溺れかけているだけだろうと思っていました。

それとは別の遁世を決め込もうかと思っても、その時点で、生きることをすでに諦めたと同じなのではと考えました。

結局は、隙間を探して逃げることなどできないのです。

しかし、一時逃げて、身を守り休める場所はあるのです。真冬の寒い日でも、土手の風を防げる窪地に行けば、日溜まりがあります。生きるために、一時の日溜まりを自分で見つけておくことは重要だと思ってます。

時々、以前働いていた都会の農園の日溜まりで、良く黒猫さんと一緒になったことがあります。

「ぎんちゃんは、なんでこの場所に来るの。おいらの生きるための大切な隠れ場所なのに、邪魔しないでおくれよ」

ぎんちゃんは答えます。

「ごめんよ。寒さから逃げる大切な場所だね。私も一人で寂しい時に、この場所が好きなんだよ。静かで暖かくてね」

黒猫さんは皮肉を言います。

「野良猫は、寒さを凌ぐために日溜まりに来て、人間は、人との争いに疲れて日溜まりにたどり着く。本当の寒さではないだろ。何から逃げているんだい」

ぎんちゃんが言います。

「例えているだけさ。どんな寒い真冬でも、逃げる日溜まりはどこかにある、ということを人間の人生に例えているのさ。だからそこを探せとね。一時は凌げるから、そこから再起すればよい。そう思っているのさ。上手い例えと思いながら、実際に寒い日は猫さんと同じく温まりたいからね」

黒猫さんは呆れます。

「人間は自分勝手な厄介な生き物だね。そんなことで悩むならば、生き物をもっと大事にしろと言いたいよ」

ぎんちゃんは、矛先があらぬ方向に行ったので、黙り込んで昼寝を始めました。黒猫さんも呆れて眠りにつきます。

そんなことが頭の中を錯綜《さくそう》しています。ぎんちゃんの頭の中は、自然賛歌と動物愛護と人間の生き方の反省とがミックスしてしまって、収拾がつきません。

ただ、この五年で分かったことは、現代は、人間の生き方を定めるには時間がないくらいに変化に富んでいるということです。そして、その変化が不変的な価値があるものなのか、自分に受け入れて良いものかが分かりません。場合によっては受け入れて大きな代償を払うことが多いのです。

その受け入れを止めたら競争に勝てないし、進歩がないと言われます。現代の競争はこんなもんですから、普通に生きていたら置いていかれると思ってしまいます。

ぎんちゃんは正直なところ、それが大嫌いでした。だけど、そんな世の中でも働かないとお金が得られないので、我慢していたのも事実です。

思うようにいくほど世の中は甘くない、というのも分かります。でも、不確実な時

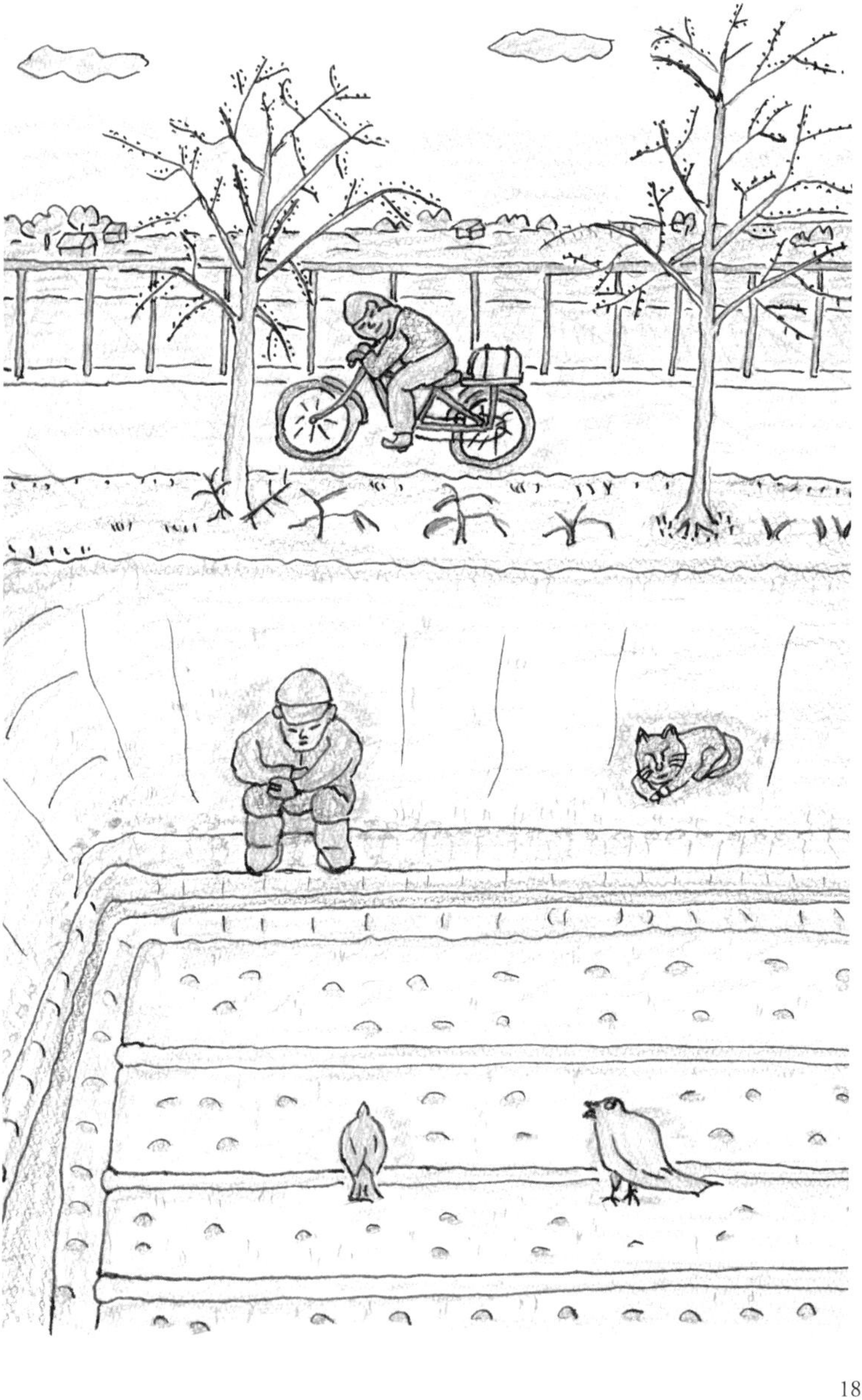

代である時こそ、もっと掘り下げて、本質的な価値を見付け出す行動をしないと、生き辛くなります。

流されて生きてきた半生を、悔やんでも自ら変えられなかったことへの反省を込めて、今取り戻そうと努力する毎日です。

五　活気に満ちた里山生活を迎えて

その一（二）活気に満ちた里山と共に心満たされて

話が拡散してしまったので、本来の自然賛歌の話に戻りましょう。

小学生の頃、早春になると待ってたかのように弁当を持参して、友達と裏山の土手に集まって遊んだり、弁当を食べたりしていました。田舎だから三月中頃でもまだ寒いけど、土手の辺りは早春の陽光で地面も暖まり、本当に心地よく寝そべって遊べました。

子供でも自然の中で育っていると、季節の変わり目の心地よさが、体で感じられるのです。その思いがこの歳になって甦るのだから、小さい頃の原体験、そしてその原風景がいかに大事かと思っています。

こんな環境を作り出して、子供たちに、一年を通して自然の中で生きるってことを感じてもらえる土地にしようと考えています。もう遁世などと言ってはいられない、と心を入れ替えたこの頃です。

里山共存エリアも整備され全体像が見えてきました。早いもので、桃と栗は、桃栗三年と言うように、小振りな木ながらも実を結び始めています。

簡単に、一年を通しての里山共存エリアを紹介しておきましょう。

薄っすらと雪が積もった里山ですが、日陰に残っていた雪も消え、少なからず春を予感する季節となります。やはりそれを感じるのは梅の花でしょう。

まだ冷たい空気の中でも奇麗に花を咲かせる二月下旬から三月中頃です。やはり、この時期になると梅林の下の土手に、黒猫さん、三毛猫さん、柴犬さんを誘って、弁当持参のハイキングです。裏山までの近い距離でも遠足気分です。

土手にたどり着いたら、まずは、やることがあります。仰向けに寝て、梅と快晴の空を見上げることです。本当に心は解放され、春を待つ体がそわそわし、生きていて良かったと心が和みます。

そして、弁当は定番のおにぎりです。ここの梅林は、この土地のオーナーだった人が植林したものなので、毎年立派な梅の実を結びます。この梅を使って自分で漬け込んでいますから、梅のおにぎりが最高です。

ぎんちゃんが日頃お世話になっている黒猫さん、三毛猫さん、柴犬さんの食事は、ぎんちゃんが用意しています。

移住してからもう五年です。黒猫さん、三毛猫さんから生まれた三匹の猫も、もう大人です。両親はすっかり歳をとってしまったのか、動きがゆっくりで寝てばかりです。黒猫さん、三毛猫さんは、この土手が大好きです。ぽかぽかしているので、ずっと寝てられますから。子猫たちは、お構いなしに駆けずり回ってます。

柴犬さんも、もう二代目です。この柴犬さんは実の子かというと、また複雑な事情があります。深くは話しませんが、飼育放棄されてボランティアに保護された子犬の一匹を引き取って、先代の柴犬さんと生活をさせました。先代の柴犬さんは、野良犬と飼い犬の中間という曖昧な飼い方をしてしまいましたが、ぎんちゃんは、この子犬を完全な飼い犬とすることを決心しました。

ぎんちゃんが黒猫さん、三毛猫さんに言います。

「お互いに年取ってしまったね。あとどれくらい生きられるかな。少し心配だよ。黒猫さんに、昔聞いたよね。死に際を見せないのは何故だいって。まだ教えてくれないのかい」

黒猫さんが言います。

「その話は止めなよ。動ける間は自分でやる。もう駄目と察したら、身を隠すのは当たり前だろ。他の生き物に狙われるのは嫌だよ。ぎんちゃんはどうするんだい。家族に看取ってもらうのだろ」

ぎんちゃんは言います。

「身を隠したくなるけど、それは事件、事故として扱われるからあり得ない。子供たちに連絡かな。妻も亡くなったしね」

ぎんちゃんが妙に寂しそうです。駆け回っている猫さんの子供を見ていて、世代交代が眩しかったのかもしれません。

　ぎんちゃんが突然話を変えます。

「この土手に、じゃほうじという芽がそろそろ出るよ。それを採って料理するんだよ。天ぷらかな、それとも、じゃほうじ味噌かな。御飯がいっぱい食べられる。昔の人もそうやって早春を楽しんだのだと思うよ。この感動は、この一時のみだからね」

　黒猫さんも突然話を変えます。

「もうすぐすると、菫の花が咲くんだろ。この上の方かな。ぎんちゃんもあの短歌のように、花が咲く頃には女性を思い出すのかい。人間は、直接的に言いたいことを言わずに比喩で言うから分からない。菫の咲く頃に、菫のような奇麗な女性に会いたくて会いに行った。そして、楽しかったと言えば良いのではないかね」

　ぎんちゃんは、目が点になりながら言います。

「この前の話で言っただろ。菫が咲く頃は、女性よりも薫風の季節を楽しむ方が、体も心も共に和み、それが優先とね」

　ぎんちゃんと黒猫さんの会話が噛み合わないまま終わりです。

そして、里山が新緑になる頃に薫風の季節となり、黒猫さんが言ってたように菫が満開です。今年も紫色の絨毯になっています。

毎年の恒例となっているイベントは、テントを張り「一夜寝にける」を行います。この季節になると、昔の仲間も近くに下りてきて見ています。昔のような、はしゃいだ遊びもありません。遠巻きに焚火を見入ってます。

ぎんちゃんは、いつも、このイベントでは、外でお酒を飲み過ぎてしまい、テントの中に入らず外で寝てしまいます。さぞかし心地よく楽しいのでしょう。

この頃、里山共存エリアは百花繚乱です。目にも鮮やかな花々を楽しむかのように、蝶が舞い蜂も飛び交います。ぎんちゃんは、草花も変わったものを植えてあります。六月になれば梅の実も実りますので、収穫して漬け込みます。これは本当にありがたい保存食です。

この頃には桑の実も実ります。群馬県の田舎育ちですから、小さい頃は養蚕が盛んだったので、桑の木がいっぱいありました。畑の際には必ず桑の木が並んで植えてあ

りました。そして、その実をよく食べたものです。好んで食べるものではないのですが、甘酸っぱくて意外と食べられました。

これが懐かしくなり、桑の木も植えてあります。ぎんちゃんばかりでなく、イノシシさんの好物でもありますから。

夏が来る頃には、蛇イチゴ、スグリが実ります。子供の頃は、よく口にしたけれど不味《まず》くて食べられはしません。ただ懐かしくて、つい植えてみました。

この前、蛇さんが出てきたので教えました。

「これは、蛇イチゴだよ。由来は、蛇さんも不味くて食わないからとか。人間も不味いから食わないけど、蛇さんの名前を使って、蛇さんを嫌われ者みたいにしちゃってるね。それと、この木が、蛇さんのように地面を這《は》っているからとも言うけどね」

蛇さんが呆れて言います。

「ぎんちゃんは、変な人間だけど、色々と教えてくれるから注意深く話を聞くように、と先祖代々から言われてた。だけど、そんな話に、なんて答えていいか分からないよ。

そうですか、ですかね」

互いに噛み合いませんでした。


秋になると、栗から始まり、柿、アケビ、栃の実と定番の収穫物でいっぱいになります。カラスさんが一番先にざわつく頃に皆が集まります。

ぎんちゃんは、こんな季節折々の植栽の中で、生き物たちと日々楽しんでいます。


花については、少し追加で説明しますが、ぎんちゃんは、また良からぬ考えを入れ込みました。

花も進化の過程で、蝶や蜂を呼び寄せるために、擬態しているものがあります。ぎんちゃんは生物学者ではないから、擬態と言って良いかは分からないのですが、以前働いていた農家で見つけた花を持ち込んでいます。

それは、モンシロチョウがゆらゆらと飛んでいるかのような花です。これを蝶さんに見せて、どう思うかを聞いてみたくてしょうがありません。

以前働いてた農家の畑の際で見た時には、確かに蝶が群がっていたように記憶しています。その花の名前は白蝶草《はくちょうそう》（注釈12）です。

そうやって、じっと花を見ていると、どういう進化の過程で、この形になったのかと考え込んでしまいます。

それを見ていたカラスさんが、興味津々になり聞いてきます。

「その花は美味いのかい。おいらも食えるかな」

ぎんちゃんは答えます。

「これは食えない。だけど、蝶さんや蜂さんは、比較的多くこの花に群がるようだね。この蝶の形に騙されているのかな」

カラスさんは言います。

「人間は花が大好きなんだろ。食えないのに、家の周りは花だらけの家が多いね。そのうち、その花も人間の気を引くように、人面花になっちまうよ。カカカーッ！」

カラスさんは、自分が言った言葉が面白くて、自分で笑ってしまいます。

ぎんちゃんが意外にも真面目に話します。

「そうだよ。きっと進化して人面花が将来できるかもしれないよ。早く水をください、早く蝶さん、蜂さんを呼んでくださいと懇願されるかもしれない。そう考えると、鉢植えは残酷だよね。地に根をはった自然任せが一番進化するのだろうにね」

カラスさんは、また何が何だか分からず混乱してきます。これ以上は御免と思ったのか、飛び立って行ってしまいました。

生き物たちも、ぎんちゃんが年間を通して里山共存エリアで何をやっているのか、そして何が食べられるか、ようやく分かってきました。

静かに、お互いが見合って、里山共存エリアを利用し始めています。きっと、あと数年後にはもっと賑やかになるだろう、これで良いのだ、とぎんちゃんは確信しました。

注釈12　白蝶草　家庭画報.com　抜粋
ガウラという花名より、和名の「白蝶草（ハクチョウソウ）」と言ったほうが、この花の雰囲気が伝わりやすいかもしれない。長く伸びた茎は細くてよくしなり、その先端に長い雄しべが目立つ白い花が咲くさまは、まさにひらひらと舞う白いチョウ。

五　活気に満ちた里山生活を迎えて
その一（三）　里山の生き物たちに同化して思うこと

都会の農園の周りに棲んでいて、一緒にこの里山に移住してきたカマキリさん、コガネ蜘蛛さん、アマガエルさん、蝶さん、雉さん、蛇さん、蚊さん、皆の子孫は、ちゃんとこの土地に定着して、命のバトンを受け継いでくれたか心配してました。

移住して五年ですが、年々、家の周りでは、生き物たちの活動が多くなっているようだから、大丈夫だったのかもしれません。

しかし、カマキリさんの卵から孵化《ふか》した子供たちのことも心配でした。生まれたばかりの約二百匹の子供たちの生存率は、たった一％ぐらいだそうです。途中、脱皮を何回か行う間に、蜘蛛やら蜂などの天敵に、食われてしまうとか。

自然が潤うと生き物も多くなるけど、また、生存競争も激しくなります。それを見ていると、複雑な気持ちになってしまいます。生き物との共存で何が正しいのか、分からないからです。

ただ言えることは、皆が平等に生き抜ける自然環境が、存在することでしょう。そして、その平等な状況下での生存競争なのですから、見守るしかないと思っています。

ぎんちゃんは時々森の中に入って、眼を瞑《つむ》ってじっとしていることがあります。森の中では、嗅覚と聴覚が大事です。匂いと音に集中するから、他の生き物は視覚が人間ほどでもないのかなと思ったり、視覚で認識していたら、敵から身を守れないのだろうと考えたりして、楽しくなります。

人間は、森との分断が進んだ生活になり、どんどんと、視覚に頼るような日常生活に変わって来ています。視覚情報を中心に生きているから、自然の中に入ると、恐怖心が強くなります。物音がするだけで、怖くて逃げ出したくなります。それは、鳥の飛び立つ音だったりするだけなのに。

逆に、森の中で静かに目を瞑って、匂いと音で何かを感じようとすると、精神状態が高ぶってきて、生きているという緊張感が体に漲《みなぎ》ります。

ぎんちゃんはこれが大好きですから、一人で森の中に入って、静かに瞑想することがあります。

心配して柴犬さんが付いてくるけど、静かにしているようにお願いしています。風の音、小川の音、鳥のさえずりなどの微妙な変化を感じるだけで、森の中の状況が分かってくるものです。湿度の変化で、雨が降りそうな匂いもあります。

この森に隠れ棲む多くの生き物と同じく、互いの存在を静かに認識し、生存競争という駆け引きの中で生き抜いていると感じます。ぎんちゃんが求めていた思いに、里山生活が近付いたのだと確信する頃となりました。


ぎんちゃんは、畑作りも忙しくやっています。一年を通して、やはり葉物野菜は食べたい。一緒に移住してきた蝶さんとぎんちゃんは、野菜についてある相談をしています。蝶さんの子供の芋虫さんが、葉物野菜を好んで食べるので、以前働いていた農園では、いつも険悪な関係だったからです。その反省を踏まえて、蝶さんとの話で、根菜にしたらどうかという喧嘩仲裁案を考えました。その取り決めを、すぐにないがしろにしているわけでもありませんが、もう自然のままで、お好きなだけ一緒に葉物野菜を食べましょうという考えに変えました。さほど気にすることもないと思っています。

春にはミニ白菜、初夏にはケール、夏はオクラ、ナス、キュウリ、秋から冬は菜花とやってきました。

以前働いていた農園で作っていた野菜を、全部再現してみて、大方できることが分かりました。カマキリさん、コガネ蜘蛛さん、アマガエルさん、蝶さん、蛇さん、蚊さん、皆が先祖代々と同じ環境で暮らせるでしょう。世代交代が同じ自然環境で繰り返されることを目指しています。

カラスさんが、数年この畑を見てきたので、他の生き物たちの二代目、三代目に畑のことなどを教えてくれているようです。

静かな生存競争の中でも、この里山で命のバトンが確実に受け継がれています。そっと見守り邪魔しないことが、生態系の保全なのだと考えられるようになりました。

静かだけど緊張感のある里山生活をしていると、色々と考えることがあります。今、踏み入った足元に、踏まれてしまう草花があります。小さな生き物もいるでしょう。同じ所を何回も歩けば、道になってしまいます。それは人間が作った道になり、生き物は恐怖を感じ、そこを避けるようになります。それがもっと大きな道になれば、生き物の棲み処の分断となり、生態系を崩すことになってくるのです。

近年、この生き物の移動を妨害しないような、生き物だけが移動できる橋やトンネルの工事が多くなっていると聞きます。

本来ならば自然の中をまたぐ道路は、このような考えで造られるべきだろうと思いますが。

以前働いていた農家に、朝早く車で通っていたのですが、その途中で、森と畑を分断している道路で、何度もタヌキかハクビシンなどの生き物が、車にぶつかり踏みつぶされた死骸を見たものです。良い自然環境が分断されている場所だからです。人間の目線では、良い自然環境だと喜んでいた場所での出来事ですから、自分が愚かに思えて、朝から心が痛みました。

ぎんちゃんは、人が山に入り過ぎるのも良くないと考えてます。本当に邪魔してはいけないのだろうと考えるからです。生き物が住宅地に入り込むと大騒ぎとなります。滑稽なくらいの大騒ぎです。しかし、迷い込んでしまった生き物は災難であり、捕獲できない大きい生き物は、大方は銃殺でしょう。

この逆は、全く議論されることはないのです。ぎんちゃんは、生き物にも、人間の入ってくることを拒否する権利の発動があって欲しいものだと思ってます。

人間の一方的な安全確保の行使ではなく、生き物たちの主張も推察できる謙虚さが、今こそ必要ではないかと思っています。きっと、生き物たちは、生きる権利の主張をしていると思います。

ぎんちゃんは、里山の生活を通して分かってきました。生き物たちがあまりにも繊細な環境の中で生きているということです。

ぎんちゃんが湧き水の沢を改良したならば、沢ガニさんはどこへいくのでしょう。

植林や登山者が増加した山林では、ますます生き物たちが恐怖に陥り、境地に追いやられます。そして、安心して子供も産めず、生き物たちの個体数減少となるでしょう。

絶滅危惧種が多くなっていますが、この繊細な地球環境で静かに生きていられたのが、急激な人間の環境破壊により、生きる場所を失いつつあるのです。恐ろしいことであり、それが今度はすぐに人間に訪れることを、どれくらいの人間が真剣に捉えているのだろうか、とぎんちゃんは怖くなります。

考えれば、人間だって周りの環境が怖い場所と思えば、ほかへ移住したくなります。安住できないところで、子供を安心して産めないことと同じです。

そんな当たり前の苦痛を、今まで気にもせず生きて来たのです。ぎんちゃんは、今までの自分の無神経さに息苦しくなっています。

ぎんちゃんは環境保全と言って、木々のことばかりを考えていましたが、人間の立ち入らない自然のままの森があるかどうかであろうと考え直しています。

あまりにも繊細な環境で生きている生き物たちなのですから、自然のままの安定した場所が必要なのです。

夜、星空を裏山から眺めることがあります。こんな小さな地球で、こんな薄皮のような大気の中で、これほどまでに多くの人間が、やりたい放題に生きています。それも多くのエネルギーを使って。

二〇二〇年には終末時計（注釈13）の零時への最短表示が百秒（最新発表：二〇二三年は最悪の九十秒）になるなど、地球温暖化や核戦争の脅威はますます深刻化していて、学者間では共有されているようです。

厄介なことに、問題を認識していても、その対策になると全てが総論賛成、各論反対となり膠着状態になっています。

ぎんちゃんは、人間一人ひとりが多様性ある価値観に変わらない限り、この地球上の危機は変えられないと思っているので、本質的な人間の生き方を考え直しています。

いつの時代も競争ありきで自分本位です。それを変える価値観が今までになかったということです。それを、この混迷する世界の中で、皆が、そうだよね、と納得できる方向に持っていかないといけません。今の常識が非常識になることを、そして皆がそれを共有できるように急がないといけません。

人間が考えるような楽観的な地球環境改善では、この生き物たちの多くは、生き延びることさえできない、とぎんちゃんは思うようになっています。

ぎんちゃんが、畑の作業を中断して、長い時間静かに座り込んで瞑想しているので、カラスさんが心配して木の上から話し掛けます。

「人間はどうなっちゃうんだい。ぎんちゃんの嘆きを、先祖代々から受け継いで聞いているけど、里山に入って安心して元気になったかと思ってたら、年々顔が暗くなっているよ」

黒猫さんと三毛猫さんも頷きます。ぎんちゃんが、我に返ったように言います。

「そうだね。この森で皆との共存ができてきて一安心だけど、これだけでは地球環境は良くならない。どのように、これを他の人に知ってもらうかが問題だよ。何か良い考えはないかな」

柴犬さんが言います。

「自分が幸せならば人間は満足ではないのかい。なんで他人のことまで考えるの」

NO! 敵対的扱い R
NO! 狭い部屋の生活 I
NO! 飼育放棄 G
NO! 銃殺 H
NO! 外見で笑い物扱い T
NO! 毛皮目的の飼育 T
NO! 極狭の飼育環境 O
NO! 要注意外来生物の進 B
NO! POISON E

ぎんちゃんが、はっきりと言います。

「生き物たち全部が、良い自然環境で生き抜いて欲しいと思っている。それが平等の進化だろう」

カラスさんが言います。

「どうするつもりだい。それを他人に教えれば良いだけなのに、まさか喧嘩になるのかい」

ぎんちゃんが言います。

「喧嘩にはならないだろうけど。未来に残せるメッセージを作りたいんだよ。この奇跡の惑星に、奇跡のように生きている悦びを伝えたい」

カラスさんも柴犬さんも猫さんたちも、何が何だか分かりません。

「？？？」

注釈13

終末時計　デジタル大辞泉　抜粋

核戦争によって人類が滅亡するまでの時間を象徴的に表す時計。滅亡時刻を零時とし、残されている時間を分で表す。１９４７年に米国の科学誌に初めて掲載された。実物はシカゴ大学にあり、２０２２年９月時点では零時の１００秒前となっている。零時に最も近づいたのは、地球温暖化と核戦争の懸念が強まった２０２０年、新型コロナウイルス（COVID-19）が世界的に流行した２０２１年、それらの問題が解決されていない２０２２年で、それぞれ１００秒前。最も遠ざかったのは冷戦終結から２年後、ソ連解体の行われた１９９１年の17分前。

五　活気に満ちた里山生活を迎えて
その二　里山の原風景がいずれは不変的価値に

ぎんちゃんは、この里山に来て自然環境の整備を行っていると、本当に幸せが込み上げて来る時が何度もあります。

それは、子供の頃の田舎の生活の原体験と原風景が蘇るからです。子供に戻れたような喜びかと思いきや、そうではなく、本当に自然の美しさに魅了されるからだと思ってます。

生き物たちの、漲る活力に圧倒された子供の頃の夏休みの思い出が、鮮明に蘇ります。子供の頃のあの自然は、どこに残っているのでしょうか。

河原の近くにあった藪の中の木に、カブトムシが群がっていて、木の根元をゴム草履で蹴とばすと、カブトムシがバサバサと音を立てて落ちて来ます。それを持参した一斗缶に拾い集めますが、ほんの十分くらいで二十匹くらいになります。缶の中では、カブトムシが這い出そうと金属面を爪でこするので、軋《きし》み音がそこから反響して、覗いている私の顔に降りかかります。数というより、すごく元気な生き物であったことに嬉しさと恐怖と感動が入り混じった原体験でした。

裏山を歩けば、小道を横切る蛇。木の枝から私の目線の高さで威嚇してくる蛇。いつも蛇に脅かされて逃げ帰ったことなどの思い出が、フラッシュバックして来ます。あの頃の怖さは今の里山にあるのでしょうか。

木々のうっそうと繁った森の中で、息苦しくなるような熱気と、生き物たちの力強さが一致して、とんでもないパワーを体感したものでした。

ぎんちゃんは、必要なのはこれなんだと思っています。小さい頃に、自然の中で生き物の生きる活力を体感しておくことが、大人になっても良い行動に出ると思いました。

残念ながら、都心集中のライフスタイルが続く限りは、この価値観に近付けるのは無理だろうと思っていましたが、新型コロナウイルス感染が長く続いたことにより、自宅業務などのオンライン化が加速して、ライフスタイルの変化が見られ始めました。田舎に家族で移住する人が増加するなどのニュースを、頻繁に見聞きするようになったからです。

新型コロナウイルス感染で多くの人が死亡してしまいましたが、これが、ライフスタイルの変革のスタートラインかもしれません。多様性のある価値観を、一人ひとりが選び始めていることだと思っています。

もっと多様性をもったライフスタイルに変化すれば、様々な価値観を産み、いつかはそれが国力になることだろうと思ってます。最初から政府の意図した国力など、どこにもないものです。先人の努力がそれを定着させ、国内が活性化して、いずれはグローバルでの力に変化してゆくのです。これが時代の常でもあり、何も恐れることはありません。

ぎんちゃんは、穏やかながら流れが変わってきていることに、少し光を見出しています。

マンションの一室で、一匹のハエを追い払う情けない価値観の人間ではなくなりました。

ぎんちゃんが他の人にも言いたいことは、広い視野と多様性のある価値観の人になって欲しいということです。

この年齢になると、タゴールの詩がどんどんと力強くぎんちゃんの体に沁み込みます。タゴールから百年後にバトンを受け取った人の代表として、何をすれば良いのだろうかと逆に狼狽《うろた》えて、そわそわしてしまう日々となりました。

「黙っていたら何も人に伝わらない。何かを伝えていかなければ」

ぎんちゃんは、この場に体験型の作業を入れて自然観察園にすることを考えました。自然を観察して生物多様性を勉強するだけでは、人間のエゴイズムの価値観になります。

人間側のライフスタイルの見直しをも加味しないと、自然環境の回復は成し得ないと考えるからです。

あまりにも壮大で、時間の掛かる価値観の変革ですが、人間側の多様性を見出すべく開始したいと考えました。

そして、その人たちが生き物たちの生きる権利の代理人として、広く知らしめて活動してくれることを願っています。そうすれば、百年前のタゴールのバトンが必ず次の百年後に伝わるはずと考えました。ぎんちゃんは、やっと前を見て活き活きとしています。

「タゴールなどの先人たちが残したメッセージの数々。私は、それを確実に受け取り次世代にバトンとして渡す。これが私のやるべきことだろう」

大変な使命感でもあるけど、やるしかないのです。もう、それは一個人の思いというよりも、素晴らしい先人たちのバトンを受け取り、それを次の世代に渡すという絶対に失速してはいけないことなのです。必ずバトンを未来の人たちに渡そうと思っているからです。

そのバトンを受け取ってくれるだろう人たちの顔が、まだまだ見出せません。少しずつ、共感するという声が聞けるようになってきました。もうひと頑張りだろうと思う七十歳の夕暮れです。

ぎんちゃんは、里山に入ってからの五年間で、生きるってことはどういうことかに向き合い、自分のことだけでなく、先人たちから今に至るまでを振り返りながら考えるようになりました。

我々生き物は生存競争して進化してきました。ただ、この生存競争のベースとなる地球環境が不安定になっています。地球環境は、もうコントロールできないところまで悪化しています。これに至った諸悪の根源の人間の行き過ぎた競争を考え直そうと思ったからです。

国連の掲げたSustainable Development（持続可能な開発）（注釈14）の目標は素晴らしいのですが、各国の具体的な施策と目標達成には甚だ疑問に思います。奇麗ごとを言っても、全く自国主義が優先されています。いくらグローバル標準といった環

境施策でも、全く人間の生き方には響かないのです。全て、各論になると環境よりも経済が優先するからです。

人間の世の常という出来事であれば、驚かないで時の過ぎるのを待ちますが、この地球環境の悪化には、いたたまれない恐怖があります。でも、何もできないでじっと待つしかないのでしょうか。

ぎんちゃんが今まで生きている間に、常識だったものが非常識になったものが多く顕在化していますし、大変良いことと思います。例えば、ぎんちゃんが二十代の頃は、電車や飛行機の中でも喫煙ができました。分煙なんてほど遠い環境でした。それが、急激に変化して、今では世界中で分煙、禁煙が常識化しています。もう一つは、日本での身近な例ですが、「男だから男らしく、女なんだから女らしく」と親も先生も平気で威圧的に教育していました。これがやっと遠い昔のことになってきています。

ぎんちゃんが自我に目覚めたころから約六十年で、大分価値観も変わり良くなったのだろうとも思います。

持論なのですが、人間の価値観が変わることを前提にしても、実際に地球環境の改善が見られ落ち着くには、約六十～百年は掛かるのだろうかと考えます。

ぎんちゃんは、環境事業に従事したことがあるので、実際の事例で分かっているのですが、産業廃棄物汚染問題なども、社会問題化し対策が講じられ、そして法整備されて鎮静化しました。その問題化の兆しから収斂《しゅうれん》、安定化までを推測すると、五十年近く掛かっています。法整備で対処可能な問題ですらこれほどの時間が掛かります。

地球温暖化対策などという規模の大きい問題では、事業活動ばかりでなくライフスタイルまでを変化させ、そして新たなルール化で社会が納得し安定化するまでには、とんでもない時間が掛かるということです。

地球環境の再生においては、しばらく各国の迷走が続きますが、安定に向けて前進も見られます。

すでに、地球環境の改善が見えてきたというわけではないのですが、新たに明確な目標設定で動き出しているＳＤＧｓ（注釈15）というアクションがメディアでも見られるようになっています。
多様性の価値観をもったライフスタイルで、持続可能な発展を人間から成し遂げて、生き物たちにその成果を見せて欲しいものです。
それが、生きる権利を主張している生き物たちへの回答でしょう。生き物たちの主張を請け負う代理人の一人として自分も存在することを再認識しています。

注釈14　Sustainable Development（持続可能な開発）　広辞苑
自然環境や資源を保全し、現在と将来の世代の必要をともに満たすような開発。国連環境開発世界委員会（ブルントラント委員会）で1987年に明確化され、92年の地球サミットで「アジェンダ21」に盛りこまれた。

注釈15　SDGs　経済産業省HPから抜粋
SDGsは、「Sustainable Development Goals（持続可能な開発目標）」の略称で、2015年9月に国連で採択された2030年までの国際開発目標。17の目標と169のターゲット達成により、「誰一人取り残さない」社会の実現に向け、途上国及び先進国で取り組むものです。

五　活気に満ちた里山生活を迎えて

その三　人間はどこに向かってるんだい

今年も待ちに待った薫風の頃、里山共存エリアで菫の近くにテントを張って、一夜を楽しむことにしました。

ぎんちゃんの人生で、きっとこれが、生命の活気を感じる大イベントなのでしょう。夜間に仲間がひっそりと近付いてきています。タヌキさん、キツネさん、そしてイノシシさんも来てくれて、昔と違う静かな会話が始まります。

タヌキさんが、朝焼けの空になってきた頃に言い出します。

「ぎんちゃん、こうやって毎回朝がやって来るよね。当たり前と思って生きてるけど、何故だい。何か良く分からない空間に生きているようで、不思議だよ。暖かくなる頃には、早く日が昇り、寒い頃は、なかなか明るくならない。それに連動しておいらは生きているだけだけど。この空間で生かされている、ということみたいだね」

ぎんちゃんが答えます。

「良いことを言うね。人間も同じだよ。この地球の自転の変化で、一年を通して気温も変わる。このとんでもない大きな宇宙で、こんな小さい太陽系で、そしてさらに小さい地球の中で、生き物たちは、ほんの数度の気温上昇で活動ができなくなる。あらゆる生き物たちは、生存のために、互いに影響しあって生きているから、間接的だけど全部の生き物に影響が出るんだよ。信じられないくらいの繊細な生命体だと思うよ」

ぎんちゃんが続けます。

「今度は生命の話をしたいね。生き物は同じ生命から始まった。それを基本とすれば、共存していかないといけないね。我々は、この地球という惑星で生命をもらった。理解不能な大きな宇宙の中で、全く小さな星で、その中で偶然に生きているのかもしれない。大きな隕石が衝突すれば、この地球の生き物の多くは絶滅するだろう。ある科学者は、宇宙で生きるには、有機生命体だけの体では生きられないのだから、人体とロボットの合体となるだろうと言っている。進化の先には、有機生命体とは決別する時が来るのだろうか。人間の欲求の行き着くところには、独占、崩壊、そして再出発という全員が幸せになんかならない、生き残れる者しか残らない進歩を繰り返すようだ。充足を知らない、というか充足を許せないのだろう。だから、今のままでは、未来はあまり期待できないよ。皆の方が環境に適切に順応して、充足を知り、理にかなった生き方をしているよね」

イノシシさんが、冷静に言います。

「ぎんちゃんは、人間の何を怖がっているんだい。進歩して楽に生きられるなら良いのじゃないか。いつ殺されるかと緊張して生きるのは辛いよ」

ぎんちゃんが言います。

「人間の中でも、進化の分岐が始まっている。もう止められない。私は、淘汰されない有機生命体として、この惑星に残る側に属するつもりだ。他方で、宇宙で新地を開拓する新造人間が出てくるだろう。それが多様性の中の人間の進化というならば、今が分岐点だろう。両者が否定しあってる時間もないし、同時進行だろうね」

イノシシさんもタヌキさんも困惑しています。

「難しくて分からない」

ぎんちゃんは、焦ったように自問自答を繰り返しています。その中には、先人の意見を想定する自問自答もあります。


ぎんちゃんは、尊敬する宮沢賢治さんへの手紙を考えてます。今、宮沢賢治さんが生きていたらどう思うだろうか、と問い掛けるためにです。

宮沢賢治さんの世界観を、勝手に引き継いでいると思っているぎんちゃんですから、宮沢さんの思う人生観を継承して後世に伝えたいと思っています。

拝啓　宮沢賢治さま

先生とお呼びしたいところですが、きっと嫌うでしょうから、さん付けで書かせていただきます。

少々長い手紙になりますがお許しください。

この手紙は私がこの世を去る時に、私の棺の中に入れて、あの世に持参して宮沢さんを見つけてお渡しします。

この手紙を書くと決めたときから、何から書こうかと興奮してしまい、まとまりがつきません。

とりとめもなく宮沢さんへの思いを書き続けますので、お読みいただければ幸いです。

私の自然観や宇宙観は宮沢さんに大変近いものがあり、時代が大きく違うのに大変共感しました。

いや、人間の歴史から言えば、全く見えないくらいの時差なので、同じ時代に生きた人間として、が正しいかもしれません。

ただ、私が生まれる前の、まだ時代が混沌としている時に、よくぞここまでの童話をお創りになったな、と驚いております。私が言うのも変ですが、時代が早過ぎたのかもしれません。望まれているというか、真価が分かるのは今からかもしれません。

宮沢さんの死去からもう九十年になります。私が生まれていない一九三三年（昭和八年）です。私の両親でも十歳と十二歳でした。なのに、宮沢さんにこれほどまでに引き付けられるのは何故でしょう。当然のことですが、宮沢さんの残した童話が素晴らしいからでしょう。

宮沢さんの童話の世界観の中で、「なめとこ山の熊」は感動です。私が思っている悩みを全て語っています。このお話の猟師は、生きるために熊を殺さなければならなかった。だけど、本当は、飢えて自分が死んだ方が良いとも思っていた。そう思わせてしまう一面には、この猟師の毛皮を買い叩く荒物屋の主人のずるさが見え隠れします。心優しい人間の葛藤が浮き彫りになっており、私は身震いしながら、共感しました。そして、宮沢さんを尊敬し、今に至っております。

人間社会は、結構いやらしいもので、純粋に生きるのは大変です。生存競争だから仕方ないことなのでしょう。だけど、私はもう七十歳になり、それでも優しいガラスの心のままです。きっとこのままで死ぬと思います。

生き方は変えられません。多くの人は、自己改善して、社会の中で上手く生きようとします。それが自己の利益に繋がるからです。

本当なのでしょうか。どこかで矛盾が発生するに決まっています。だけど、多くの人は、それが人間の進歩だから良いのだとも言います。

私は、進歩できない負け組なのでしょうか。違う進歩の仕方が、私の目線には見えてきているのですが、まだ自信をもっては言えません。

生き方を変えるとか変えないとかは、あまり議論したくはありませんが、より良い方向に進歩させながら生きたいのです。ずっとこんなことを考えてしまっています。

宮沢さんが生きた時代は、心が和むことはありましたか。これを書いている時代は、グローバル覇権とやらで、自国の利益優先のために、国同士で二枚舌の舌戦です。裏切りや国盗り戦争が激化しています。宮沢さんが生まれた頃の百年前よりも不安ばかりの悪い時代なのかもしれません。

人間社会というものは、同じことを繰り返すのでしょうか。生存競争だから、いつも同じシナリオで終焉を見るように思えますが。

社会主義や共産主義国がグローバル経済に翻弄され、資本主義との融合を模索する国もありますが、自由度のなさで崩壊寸前です。逆に資本主義は、特定人間への富の集中で、これも崩壊寸前です。

三十年近く前に、グローバル標準が国を亡ぼすというタイトルだったかの雑誌を見たことがあります。先進国が、自国優先のグローバル標準のリーダーとなるべく躍起となっていることへの警鐘でした。そうなるだろうと私も思ってましたが、強いものが支配するグローバル標準は、やはりもう行き詰まっています。

そこから漏れてしまう企業、人たちがいて、それを支援する政治家は、自国優先主義に戻る傾向があります。開かれた国は、どこかで疲弊して破綻するのでしょうか。

アメリカ合衆国が内需の守りに入ったことは、ある政治家の勃興と合致します。出て来るであろうことでした。

多くの人は、この政治家を人間的に否定します。私は、このようなリーダーが出てくるアメリカ合衆国の疲弊を、一九九〇年代に感じました。勝つものが評価され、優先されたからです。しかし、だれもが勝てるわけでもありません。脱工業化が進んで、取り残された中西部と大西洋沿岸中部のいわゆるラストベルトと言われる地帯の人たちを見て、直感で感じてましたから。

こんな疲弊した時代なのですが、私は、資本主義のど真ん中で、海外との仕事を多くやっていました。その時に、少しでも生きるってことの価値観を見つめ直したいような懺悔の気持ちで、海外の仲間に宮沢さんの「雨ニモマケズ」を英訳して紹介しました。

イギリス人のご婦人が大変感動してくれて、リビングの壁に飾って毎日見ているとのことでした。この詩の価値観は、世界でも共通するものと今でも確信しています。未来の人たちにも伝えていきたいと思っています。

ぎんちゃんが、さっきから黙って目を閉じたまま考え事をしているのを見て、タヌキさんが心配して言います。

「話しまくったり、考え込んで黙ってしまったりして、大丈夫かい」

ぎんちゃんが、ふと我に返り言います。

「すいませんね。考えることが多くなって。人間の将来のことばかりを考えてしまっていた。人間は、どこに向かって進歩しているのか、それとも自滅に向かっているのか、とかね」

イノシシさんが言います。

「棲む場所が少なくなると、食い物が限られる。そうすれば、おいらの仲間は、子供も育てられないから数も減る。人間は数が減らないのかい」

ぎんちゃんは、はっとして答えます。

「そうなんだよ。これだけ環境破壊して棲み難いのに、まだ人口が増加している。そして食糧不足を嘆いている。何故だか分かるかい」

イノシシさんが言います。

「それは生存能力が高くなったからじゃないのかい。全く天敵のいない外来種生物と同じだろうね。か弱い在来種を食い尽くしてしまって、絶滅させてしまうとかね」

ぎんちゃんはそれを聞いて驚きます。

「人間の生命は、百年時代と言われている。百歳まで生きるのだよ。長生きになったから、人口が増えるというか、減らないというのは確かだ。それと、嫌な言い方だけど、国力維持のための労働力確保として、人口増加が重要である、と真顔で言う知識人がいる。馬鹿げた話だよ。だれもが、そんな了見で子供を産まないよ」

柴犬さんが言います。

「ぎんちゃん、悩む話はもう止めようよ。もっと面白い話をしてよ。悩んでいるぎんちゃんは、やはり面白くない」

木の上で、じっと考え込んでいるぎんちゃんの様子を窺っていたカラスさんが、言います。

「おいらのご先祖から言い伝えられている話だけど、ぎんちゃんは、いろんなことを考えているから、気にしながら聞いてなさいと言われていた。だから教えてよ。人間はどうなっちゃうんだい」

ぎんちゃんが言います。

「病気になっても、医療が進歩したから、長生きできるようになった。それに慢心して、諦めることなく強欲にエネルギーをいっぱい使い、いっぱい贅沢もして生きる。それだけ地球環境は疲弊する。私は、人間の欲望が怖くてね。人間の欲は充足を知らないし、限界がないから怖い。なんでそうなるのかを考えているんだけど、貧乏が怖いのかもしれない。お金がないと生きられない、という価値観が浸透してしまったからね」

結論が出ないようなので、皆も静かになり、森に戻って行きます。

ぎんちゃんだけが、また考え込んで寝転んでいます。ぎんちゃんは、まだ、自分の中で、考えが整理しきれていないのでした。

そして、また心の中でささやきます。

拝啓　宮沢賢治さま

今度は、未来についてもお話しさせてください。

人間の進歩は、どんどんと新しいライフスタイルを作り、それが新たな価値観となり常識化されています。昔からの不変的な価値観が、何か分からなくなってきています。

そんな変化を、未来予想としてお話を作りました。

どう思われるでしょうか。ご一読ください。

短編二　有機生命体から離脱する人間たち

いつからだろうか。食事が大方はサプリメントになったのは。

地球温暖化による気候変動で、農作物が致命的に不作となるのが常態化し、また、人口増加からの飢餓状態の人の割合が急増したために、抜本的な食品ロス革命が起きた。

誰でもが、全ての栄養が管理されているサプリメントを飲むだけで良い。食事を楽しんだ時代が昔にあったようだが、今となったら、なんとも面倒なことをしていたのだろうと思う。

肥満からくる各種の疾病、癌《がん》、新型コロナウイルス感染などで、多くの人間が亡くなった時代があった。

ウイルス感染の時代には、抑圧された監視社会に我慢できず、密な遊びに走り多くの人間が死んだ。

今では、ほぼ無菌状態の環境で暮らすようになった。健康パスポートを持たない人間は外出も仕事もできない。

これが意外と心地よい。

「何故かだって？　従順で真面目な人間しか生きていけないから、人間関係のストレスもない」

「何が楽しいかだって！　毎月の宇宙旅行が楽しくてしょうがない。だけど知的パスポートが必要だよ。未開の宇宙で暮らせるのは、さらに優秀な者だけさ」

「こんな差別的社会が良いかって？　バカだね、君は！　生き延びられただけで、選ばれた人間と皆が喜んでいるよ。宇宙に行けるよう、皆頑張ってるね」

「これが進化なんだよ」

短編三　有機生命体だけの地球楽園

地球自然公園となり、多様性のある生き物が、自然公園下で活き活きと自由に暮らしている。

管理している人間だけが、地球にいる。人間は火星から旅行に来るくらいだ。すっかり生態系が再生して、人間が入り込める環境ではなくなった。

「何故だって？　人間は無菌状態でないと生きられなくなったからさ」

動物と自然の中で遊ぶなんてとんでもない！　将来は、地球への旅行も制限されて、宇宙服を着るようになるのだろう。人間が、地球から火星を目指していた頃と、逆のことが起きている。

もう、地球は人間の住むところではなくなり、他の生物が、伸び伸びと生きる惑星に戻るだろう。

人間はどこに行くのだろう。古き良き時代の地球、と思いを馳《は》せる人間は、未来にいるのだろうか。

六　おわりに
～移住して十年　ぎんちゃんの思い

ぎんちゃんは、未来の地球環境を考えて悩んで悩んで、もう七十五歳になりました。色々なことがあったけど、やっと先が見えてきました。

「私は一体、未来の君たちに何を残せるのだろうか。引きこもってはいられない」

ぎんちゃんがそう考えたのが、七十歳の頃でした。未来の君たちに、先人たちが愛でた自然賛歌という行いを受け継ぎ、永続的な地球環境にしたいと思い続けてきました。苦悩の十年でしたが、すべてが百年後の君たちのために、と決めて頑張れました。

そして、ぎんちゃんは、今の人間の価値観が多様性を持たないと、地球環境を変える原動力が生まれないと確信したのです。

では、その価値観の変革となる出来事が起きたのか、起こせたのかです。ぎんちゃんが六十五歳から三年ほど、人間は、新型コロナウイルス感染で移動が致命的に制限されたことがありました。その時に、わずかではありますが、都会から地方に移住する人たちが増加し始め、それは良い傾向となりました。

そもそも、都会に集まり仕事する無駄に気付いただけでも、常識だったものが非常識になるきっかけにもなったと思います。

それとは逆に、目に見えないウイルスに、多くの人間が殺されたという悲惨な事実に、怒りの矛先がないままに統計数値として毎日、平然とニュースを聞き流している現実に、恐怖を感じました。

現代はインターネット情報がいっぱいあります。誰もがニュースの断片しか見ないで、どんなに凄惨《せいさん》で残酷なことも、普段の情報の一部として聞き流してしまいます。新聞情報の時代は、こんなことはなかったと思いますが。

長い年月を費やして考えられた思想など、現代の大量の情報の洪水の下に埋没してしまい、日の目を見ることもなくなってきました。そして今を生きる人は、作られた社会システムの環境の中で生活して、立派な消費者にさせられています。生きるってそんなことではないと思います。

世の中がグローバル化して、人間の活動が広範囲になると、ぶつかり合いが発生します。それは良いこともありますが、悪い分断を生むこともあります。

多くは勝ち負けの勝負に終始し、国同士の力関係が見えてきます。属国にならないために、自国主義に抜け出す国もあります。

いつの時代も、懲りずに同じことを勝ち組というリーダーが繰り返すのを、最近の人たちは気付き始めています。そのような人たちは多くなっていますが、価値観を変えるまでの力と、先々の活路を見出せていないのが残念です。

政治は、相も変わらず、自分の党と派閥を守り切ることに汗を流しています。これでは政治家たちが、未来を想像できるわけもありません。今を守り切ることで精いっぱいだからです。

一企業の内部で起きている軋轢《あつれき》は、社会全般の軋轢と全く同じでしょう。営業部門は、今を守り切らないで明日があると思っているのか、と怒ります。商品開発部門は、こんな疲弊した開発競争を続けても将来はない、と嘆きます。役員は、自分の仕事の守り切りで、大したビジョンも打ち出せません。皆が今を一生懸命に生きているからです。全てが、今を担う人が中心です。

環境問題を会社の最優先課題と言っている大企業が、どれほどまでに国を変えられるか疑問です。

競争社会の中心にいる大企業が、世の中を変えるとは思えません。異端が出てきて、そちらに少しずつ時間を掛けて価値観を移行させるのでしょう。

そこまで待つのでも良いのですが、せめても研究者、学者から地球環境への警鐘をもっと鳴らすべきなのに聞こえてきません。

結局は、未来を憂い絶望する個人が、自らの金で提案するしかないのです。ぎんちゃんが遁世を決め込んだ十年前の気持ちとは、今は全く違っています。

ぎんちゃんは、もう黙っていられなくなり、世に知らしめて、共感してもらいたいと思うようになりました。

一つの施策が、無理しなくとも、世の中をスマートに生きられることを教えてくれるように、この自然の里山を開放する予定です。近過ぎないところから生き物を観察して、里山生活と農業を体験できる場にします。

早朝、昼、夜中と変化する生き物たちの活動も見せたいと思っています。生き物を思いやる心や共存することが当たり前という考えが醸成され、それらを原体験として心に刻んだ子供たちが、様々な研究者や事業者となってくれることを期待しています。

都会集中型の生活ではなく、自然と密接な場所で暮らすという意義はそこにあり、ぎんちゃんの求めている本来の共存生活の姿でもあります。

ぎんちゃんは、それだけでは我慢できなくなっています。自分の考えを共感してくれる方々に、情報発信したいと考えています。

日本各地の里山生活の方々と草の根運動を続けて、共感が前進する糧となるようにしたいのです。

里山生活の事例を一般化することにより、移住の気運を高めることが目的です。不変的な価値は、バトンとして受け継がなければ永続性がなくなります。このバトンを次世代に確実に送りたいのです。それには、記録として残し、伝える必要があるということです。

ぎんちゃんは、ただ一つやり残したことがあります。それは生物学、自然環境学、宇宙物理学、人間社会学などの先生とこの里山で対話をしたいと考えていることです。多くの先生方は、地球環境を憂いていると思っているし、互いに協力して発信力を持ちたいからです。星空を見上げながら、人間はどこに向かうのかを想像したいし、それを他の生き物にも教えておきたいと思っています。

最後に、著者　黒沢賢成からの思いをお伝えします。

歴史に基づいて作り出された人間社会の常識は、生きるための文化として何の疑問もなく受け継がれるところがあります。

例えば、日本人はクジラを食う、という行為が野蛮だと海外から非難されます。歴史の中で培われた行為が否定されると国民は差別ではないかと言い出します。

また、人間としての生きる権利が、様々なライフスタイルから主張されますが、人間は、人間同士の権利主張の争いの時でも、平気で、何も感じず他の生き物を踏み殺して生きています。

もう人間中心の権利の主張ではなく、自分がこの地球でどのような存在か、どの程度の蛮行をしているのかを悟るべきでしょう。それが分かったら、本当の生きる意味が心からにじみ出ることと思います。

筆者自身、仕事中心で、自分のことばかりの生き方をしていたのかもしれません。しかし、一時立ち止まって、自分の生き方が本当に未来の人たちの足かせというか、負の遺産にならないかを考えるようになりました。

子供に環境教育を、と主張する人が多いですが、まずは大人が実践し今の価値観を変えることでしょう。自分たちの責任で完遂すべきことを、子供たちに残すような愚かな大人のままで人生を終えて欲しくないと思います。

他の生き物と同じく人間社会も生存競争であり、静かなる闘争の連続であって、わずらわしさに満ちています。生きることに心地よい隙間などはなく、何らかの軋轢のストレスを持ち続けます。

そして人間のその生存競争は、困ったことに同じことを繰り返すということです。勝ったとしても、それははかない夢のようなもの、と諭す千年前の平家物語の冒頭の教えにもあります。この仏教の無常（注釈16）を知ってから、近代のもめ事の結末は、みなこの教えにならってしまっていることに気付きました。

人間とは、なんと愚かな生き物なのかとも思うし、生きることが競争とする限り、残念ながら、この無常の教えは続くのだろうと思います。

さらに困ったことに、この勝ち負けの生存競争の中では、一個人の生き方が歪《ゆが》められています。個人の考えがまとまらないうちに、集団に呑み込まれてしまっています。その勝つための集団心理が、自分を守るよりも先に、集団の歪んだ価値観を守ろうとしてしまいます。

自己犠牲してまで会社を守る、ということが何なのか。何を守って何をしたかったのか、筆者自身も分かりません。会社を守れば、自分が潤うという単純な正義感だったのかもしれません。

会社を定年退職して、何も残っていない自分に気付きます。自分の人脈は、利益関係の人のみであって、会社を遠ざかれば何もありません。そんなものと薄々思ってはいたものの、想像以上に何も残っていません。

全てが過去の実績であって、今を生きる上では、何の価値もありません。これが冒頭でお話しした『一匹のハエ』です。全く価値のない人間となってしまった事実に悩みます。


生き返ったつもりで、人間の不変的な価値は何なのか、とよく考えました。正解が見出せないような命題を自分で自分に投げかけて、「不変的な価値に基づいて生きるってどういうことか」と悩み続けました。

どんなに悩んでも人間社会は生存競争であり、その中で生き抜かなければなりません。万人共通の生き方などはないのですから、自分なりの生き易さを模索するしかありません。

その中でも進歩しながら生き抜くということは、個人の尊重なのかもしれない、ということにたどり着きました。他人の生き方を否定しないで、その人なりに生を全うできるように、自分からもそれを律すれば、互いに少しずつ進歩するのではないか、ということです。

では、現実世界の生存競争の中において、永続性のある地球環境を取り戻すにはどうすればよいか、ということになります。

結局のところ、今の常識を非常識に変える価値観の変革が起こらない限り、抜本的な地球環境の再生には繋がらないと思っています。

読者の皆さんに伝えたいことは、人間の多様性の中から、価値観を変える行動を起

里山共存
エリア
里山神社
RIGHT TO BE
棲む
権利
生き物の
命の尊厳

こして地球環境の再生を考え直したい、と思っていることです。

人の考え方は違い、そして、何が正しいかはなかなか決められません。多様性のある価値観を持つならば、まずは他人を認めることからスタートするだろうから、勝ち負けの議論にはならないでしょう。否定し合って議論を無駄に費やしてもしょうがないし、まさに終末時計が地球のデッドラインに近付いている今が、多様性のある価値観で、常識を非常識に変える分岐点であろうと考えます。


多様性がないと、この複雑化した人間社会を前進させることは困難でしょう。多様性のある価値観とは、仏教の無常の教えと矛盾を感じるかもしれませんが、少なくとも不変的なものを基礎としたものであって欲しいということです。

「人間としてだけでなく、この地球上の生き物を含んだ運命共同体としての謙虚さ」ということが、新たな価値観と考えています。

生物多様性という議論は、人間を含んだ生物多様性であり、人間目線の、いわゆる上から目線の生物多様性を議論している限り、地球環境の再生などはあり得ないと思っています。

注釈16　無常　明鏡国語辞典　抜粋
仏教で、この世の一切のものは、絶えず生じ、滅び、変化して、永遠不変のものは一つもないということ。

著者紹介

黒沢賢成（くろさわ けんせい）

１９５５年　群馬県生れ。浅間山、草津白根山の自然の中で育つ。
１９７１年　高校時代にオートバイ事故で永らく休学する。その間、将来の仕事を自然相手か時流の製造業にするかで悩む。
１９８０年　輸送機器メーカーに入社。開発、営業、法令遵守プロジェクト、海外業務などに従事。海外業務では本業以上に各国の自然観察に心を躍らせる。
２０１５年　定年退職後、さいたま市と埼玉県の環境保全の可能性に魅せられて、さいたま市で農業を始める。また同時に、今までの人生を振り返りながら、農業を舞台にした寓話作品作りを始める。
２０２１年６月に『ぎんちゃんの生きとし生けるものとの対話』を発行している。今回は、前作からのシリーズ本でもある。

ぎんちゃんの
生《い》きとし生《い》けるものとの対話《たいわ》 ―里山生活編《さとやませいかつへん》―

2023年6月30日　第１刷発行

著　者　　黒沢賢成
発行人　　久保田貴幸

発行元　　株式会社 幻冬舎メディアコンサルティング
〒151-0051　東京都渋谷区千駄ヶ谷 4-9-7
電話　03-5411-6440（編集）

発売元　　株式会社 幻冬舎
〒151-0051　東京都渋谷区千駄ヶ谷 4-9-7
電話　03-5411-6222（営業）

印刷・製本　シナジーコミュニケーションズ株式会社
装　丁　　弓田和則

検印廃止
©KENSEI KUROSAWA,GENTOSHA MEDIA CONSULTING 2023
Printed in Japan
ISBN 978-4-344-94543-2　C0093
幻冬舎メディアコンサルティングHP
https://www.gentosha-mc.com/

※落丁本、乱丁本は購入書店を明記のうえ、小社宛にお送りください。
送料小社負担にてお取替えいたします。
※本書の一部あるいは全部を、著作者の承諾を得ずに無断で複写・複製することは禁じられています。
定価はカバーに表示してあります。